◆◆ 中国文学名家散文精选丛书

水韵江南

刘兴华 著

江西高校出版社
JIANGXI UNIVERSITIES AND COLLEGES PRESS
南 昌

图书在版编目（CIP）数据

水韵江南 / 刘兴华著. -- 南昌 : 江西高校出版社，
2025. 6. -- (中国文学名家散文精选丛书). -- ISBN
978-7-5762-5614-7

Ⅰ. I267

中国国家版本馆CIP数据核字第2024H08K09号

责 任 编 辑　陶裕果
装 帧 设 计　夏梓郡

出 版 发 行　江西高校出版社
社　　　　址　江西省南昌市新建区工业二路508号
邮 政 编 码　330100
总 编 室 电 话　0791-88504319
销 售 电 话　0791-88505090
网　　　　址　www. juacp. com
印　　　　刷　鸿鹄（唐山）印务有限公司
经　　　　销　全国新华书店
开　　　　本　650 mm×920 mm　1/16
印　　　　张　13
字　　　　数　160千字
版　　　　次　2025年6月第1版
印　　　　次　2025年6月第1次印刷
书　　　　号　ISBN 978-7-5762-5614-7
定　　　　价　58.00元

赣版权登字-07-2024-1007

目 录
CONTENTS

第一辑

水韵江南

江南

　　一直觉得我小时候的江南才最像江南，我一直怕自己会忘了这幅画面，是的，我小时候的江南早已经成了一幅画，你走遍这里的角角落落也找不到我小时候的江南了，还有我小时候舅舅的家，舅舅的田野，还有我们自己的家，那些鱼塘，那幢小楼，那些笑声……那个每年夏天外婆放在那块平整干净的、没有一点水渍的水缸板上泡姜茶水的嫩绿色的大口的陶瓷缸，我不知道那绿变得这么淡是因为这个陶瓷缸用久了，还是本来就是这种嫩嫩的绿。当时我没想着要刻意去记住这只茶缸的颜色，现在在记忆里它还泛着那种莹莹的绿，那种流动的光晕简直比真实的还要真实，我说的是那种颜色。如果你不能想象出那种淡淡的、粉粉的绿，那就想树上的那种螳螂好了，那种绿像极了螳螂翅膀上略略施上去的薄薄的粉似的绿。唉，可能你现在连这个也不容易见到了，我们那时候那家伙可是司空见惯的，特别是那三棵老杨树上。外公家这屋后的三棵老杨树不知道已经在那里多少年了，反正在我记事起它们就在那里了，只不过最开始没有这么粗壮，只要你用心找，肯定能找到。找这东西要目光敏捷，为什么呢，那是因为这家伙动作神速，它说不定什么时候会突然出现在你面前，你根本来不及看清它是从树干上跑着来的，还是飞着来的。

　　我小时候大部分时间是在外婆家度过的。

　　那时候也真是有趣。一次，舅舅的脚崴了，医生说休息一阵就会没事的。外婆说："不成，伤筋动骨一百天，得好好休息。"舅妈说："好啦，就让他当几天皇上，什么事也别让他做。"

哈哈，是不是很有趣，舅舅当皇上啦！

正男哥哥说愿意当太监，被外婆好一顿骂，外婆说："再乱说要打屁股了。"

那就当钦差大臣啦，替皇上跑跑腿什么的。外婆说这个可以，要知道钦差大臣是有出息的，别去做没出息的差事。

皇上要看报纸了，我为皇上举着报纸，因为皇上两只手在练吊环呢。

皇上说热了，正男哥哥就为皇上打扇。

皇上说想出游一趟，老坐着没劲。圣旨早喊下去了，可老半天了御驾还没到。

"怎么办事的，这两个钦差大臣？"皇上对我和正男哥哥这两个钦差大臣很有意见。

"哥哥，怎么办，我们到哪里去弄御驾？"我东看西看了一阵，笑着问正男哥哥。

正男哥哥也是这里跑跑，那里跑跑，哪儿也找不到合适的工具当御驾。

"哥哥，我们做一个御驾吧。"我说。

"来人，来人。"皇上又在叫了，我们只得跑进去见皇上。

"怎么搞的，"皇上说，"我的御驾呢？"皇上说到这里自己也笑了。

"皇上，"我大声说，"我们已经在想办法啦。"

"快去办，"皇上说，"给我办好了，重重有赏。"

"喳。"正男哥哥说，还行了个太监礼。

"喂，"我小声对他说，"这是太监说的话。"

"是。"正男哥哥重新说了一遍。

"快去，快去。"皇上挥着手叫我们出去。我们出去的时候看见皇上捧着肚子一个劲地在笑。

"怎么办，哥哥？"我问。

"做一个御驾肯定来不及了。"正男哥哥说。

"要不我们抬一个大椅子吧。"我说，"我们可以把我们的朋友叫来帮忙。"

"秀，"正男哥哥说，"你知道我爸爸多重？"

我摇摇头。

"180斤。"正男哥哥说，"我们根本抬不起来，再说坐椅子上也不安全。"

"哥哥，快看，"我说。"那是什么？"

"板车！"正男哥哥叫了起来，"爷爷的板车！"

这不正是我们要找的御驾吗？我们两个马上向御驾跑去。可是御驾上装着稻草。

"管它呢，"我说，"哥哥，我们把稻草扔了吧。"然后我们两个就爬上御驾把稻草胡乱地扔在地上，我们干得非常热，把外套都脱了，然后我们准备把御驾弄到皇上那儿去。

我看到御驾的前面有一根绳子，后面有把手。

"哥哥，"我问，"我们两个谁做马，谁做马车夫呢？"

"你先挑吧，"正男哥哥说，"你挑剩什么我就做什么。"

我先做了马，我把绳子套在肩膀上，然后我就真的把御驾拖动啦。正男哥哥就在后面做马车夫掌握方向。

"御驾来啦，御驾来啦！"我们一路走一路喊回去。

"你们在干什么啊？"我忽然听见外公在向我们喊，"你们两个把我的稻草弄到哪儿去啦？"然后外公急急忙忙地向我们赶来。

"外公，这是御驾，"我对外公说，"皇上要出游。"我希望外公不会怪我们。

"什么御驾不御驾的，"外公说，然后又问："我的稻草呢？你们把稻草弄哪儿去了？"

"在那儿呢。"我们指给外公看。

"要打屁股了，简直是胡闹。"外公说着响亮地打了一下自己的大腿。

我拉起御驾就跑，我又听见外公站在那儿说我们，然后又重重地打了一下自己的大腿。

我们听见皇上又在大吵大闹了，幸亏我们及时赶来了。

"来啦，来啦。"钦差大臣终于出现了，皇上不闹了。

"御驾在哪儿呢？"皇上问我们。

"皇上，"我们同时说，"请看！"

"啊，是板车啊？"皇上傻眼了。

"皇上，"我们说，"是御驾。呵呵。"

还好，皇上再看御驾就笑得特别开心了。

外公拿了我们的衣服回来了，他拿了衣服想要抽我们屁股，皇上发话了，说："免了，免了，屁股就不要打了。"

"我还要打你屁股呢，"外公说，"原来都是你在搞鬼。"他拿了衣服又想抽皇上屁股了。

"我是皇上，"皇上用手挡着自己说，"皇上还打屁股啊？"

"你——"外公笑得话也说不出来了。

然后大家一起哈哈哈大笑不止。

农忙

那时，如果我在舅舅家住了很久了，爸爸妈妈会带着姐姐到舅舅家来看我。吃晚饭时爸爸和舅舅一起喝酒，他们在一起喝酒总会很开心。他们喝得开心的话就会喝过头，如果他们喝得过头了，那么妈妈和舅妈就会不高兴。

那天，爸爸和舅舅喝着酒，妈妈和舅妈悄悄地把我叫过去，她们让我把爸爸和舅舅的酒瓶偷过来，把另一瓶放在那儿。"就是换一瓶啦。"我说。

"嘘！"妈妈和舅妈说，"别让他们发现。"

我顺利完成了任务，然后坐在爸爸和舅舅身边，看他们你一杯我一杯地喝酒。他们喝得很开心，谁也没有喝醉，他们觉得自己的酒量好极了。

妈妈和舅妈笑得特别开心，我看到大人们都很开心就忍不住想笑，但是不能笑，笑出事情就不好了，爸爸和舅舅会不高兴的。

喝着喝着，爸爸就讲到了哑铃的事情。爸爸说："我在家里每天都举哑铃来着。"我觉得爸爸有点吹牛，根本不是那么回事啦，爸爸懒起来会好几天不举哑铃的。有一阵子还被妈妈把他的哑铃扔在角落里，等到爸爸再想起来时，上面都有一层灰呢。

舅舅说："我天天干活，手劲好着呢！没人比得过我。"这是真的，舅舅没有吹牛，他的朋友们没有一个比得过舅舅的。

可是爸爸不信，说是要和舅舅比手劲，还挽起袖子把肌肉亮给舅舅看。舅舅一点儿也不怕，说："好，来一把。"

他们在桌角掰起了手腕。

掰着掰着，舅舅笑了起来，因为他看到爸爸脸涨得通红，手也开始抖起来了，爸爸的另一只手也搭上去帮起了忙。这就犯规了。爸爸真丢脸。

"喝酒！"还好，舅舅没计较，还和爸爸干起了杯。

我发现爸爸和舅舅之间有一层很亲密的关系，就像是两个在童年里还没有玩够的大男孩，一碰到一起就想好好玩一把。可是他们终究已经回不到童年里了，分手的时候总会有一种怅然若失的感觉。

舅舅是种着一片田地的。小麦收割的季节，舅舅的收割机一开动，全家都跟着忙起来了，就连亚弟这么小的人也不忘了让他为家里出一份力，外婆老叫他看着小猫咖啡。"别让咖啡跳到桌上偷鱼吃。"外婆对亚弟说。

"哦。"亚弟就拿了小棒在屋里追着小猫打，小猫就和亚弟玩躲猫猫，真好玩。

那次农忙，舅舅请了很多人来帮忙，他们得帮着舅舅把倒在田间大油布上的成堆成堆的麦子装袋并运出去。

天气那么好，太阳一晒，麦子会噼噼啪啪很快成熟，所以舅舅得抓紧收割。我跟着外公跑来跑去看麦穗，哪一块地的麦子成熟了外公就指挥舅舅把收割机开去收割。我喜欢跟着外公干这个。外公说，不成熟的麦子收割起来是一种浪费，因为麦粒还有没收浆，所以一定要等麦粒收浆了再收割，但是也不能留得过熟，过熟，麦粒会在收割前就脱落。反正我那时候的理解是：不成熟的麦粒是不能急于收割的。

外公有时候去忙一些别的事情的时候，我就替他在那儿指挥舅舅。

我和舅舅合作得很好。

舅舅的朋友邓叔叔从田头跑来，说他是专门来帮忙的。外公很高兴。外公让邓叔叔和我一起当舅舅的指挥员。

由于邓叔叔穿着皮鞋，在小路上走不太稳，他东一摇西一摆地走着，看上去不像是个干活的，倒像个来地里视察的干部。我和邓叔叔跑到下一块地，我用手碰着麦芒，尖尖的麦芒刺得我手心很疼。

"怎么样，可以开过来了吗？"舅舅大声问我们。

"等等。"邓叔叔回答。

"你再试试。"邓叔叔对我说。我告诉他我已经试过几次了，麦芒有扎人的感觉了。

"有扎人的感觉了，是不是？"他对我说。他好像很喜欢玩麦芒。

"怎么样，可以开过来了吗？"舅舅又在问了。

"慢着。"他对舅舅喊道，他又对我说："秀，我们把麦穗在手心里搓一下。"

我把麦穗在手心里一搓，麦粒就掉出来了。我说已经很熟了。

"到底怎么样啊？"舅舅真着急，天气晴好，要抓紧收割的。

"你再试试。"邓叔叔又摘了一个麦穗交给我。他看着我问："行了吗？"我很快地搓了一下，麦粒又很容易地掉了出来。

我说："行了。"

"行了，"舅舅的朋友终于手一扬下了命令，"过来吧。"

舅舅的收割机马上开了过来。

"你真够折腾的。"舅舅把收割机开过来时笑着对邓叔叔说。舅舅好像有点烦他了。我们赶快跑到下一块地去试。

邓叔叔的皮鞋上踩到了烂泥，他很心疼他的皮鞋，就坐下来想把皮鞋弄干净，结果裤子上又坐到了泥。我告诉他我们得赶快去试，要不然舅舅又要催了。

"秀，我们要在这块地里多选几个点试试，"他说，"这样会更准确一点。"

我说好的。

"我们先到最中间去。"他说，"可以多试几次的。"然后我们穿过麦地往中间去。

"嗨嗨，"我听见外公在不远处朝我们喊，"怎么跑中间去了？"

"别管他，"邓叔叔说，"我们干我们的。"

我赶快试了麦芒，又搓了麦穗。

"可以了。"我说。

"可以了。"邓叔叔向舅舅喊。

舅舅的收割机轰隆隆开进了这块麦地，然后我们准备赶往下一块地。

那时候，外婆家是养着几只羊的。大大的尾巴，卷卷的毛，慈祥的褐色的眼睛，我说的是那羊爸爸和羊妈妈，小羊羔的眼睛当然是清澈的，像透明的湖水，能映出人的影子。

我喜欢和小羊贝贝玩，可是它太小了，它还刚刚出生呢。贝贝身上的毛发又细又软，可爱的粉红的小嘴巴找来找去的，羊妈妈就站着给它喂奶。我看到贝贝摇摇晃晃倒了下去。

"外婆，羊妈妈为什么不躺着给贝贝喂奶呢？"我说，"贝贝还不会站呢。"

"因为羊妈妈希望它的小羊羔能尽快站起来。"外婆说着去给羊妈妈添青草。

我是那么喜欢贝贝。我看到贝贝还用脚翘来翘去走了几步，羊妈妈看着非常高兴，它又走过去给小羊羔喂奶，一会儿小羊羔就喝到了奶，小尾巴甩得好欢快呀。

贝贝稍大一点，羊妈妈就会带着它去田野了。在那儿，贝贝最喜欢学着羊妈妈的样子抬头看风景。羊妈妈就会趁机给它教许多有用的知识。

我最喜欢抱贝贝，它很温柔，很喜欢我抚摸它漂亮的毛发。等贝贝稍稍长大一点，它就开始有点顽皮了，它最喜欢去捣乱小鸡们的游戏，把它们冲散是它最拿手的把戏。

"贝贝，"我叫道，"你干什么？"我还对贝贝跺脚。

没想到它不服气，还想冲撞我呢，啊我真的有点怕它了，它常常追着我撞。那段时间，它也开始撞别人。外公说，这小家伙太捣蛋了，得把它拴起来。然后外公就把贝贝抱起来，并且用绳子把它栓了起来。这下子我可开心了，什么时候想去看它就什么时候去看。可是贝贝却不开心了，整天闹着要外公给它拿掉拴着它的绳子。

看到小家伙这样蹦来蹦去想挣脱绳子的样子，我就心软啦，我到外公那儿求情，还流下了眼泪，外公就放了贝贝。贝贝一见拴它的绳子没有了，就赶紧逃到羊妈妈那里去了。它再也不喜欢让人抱了，它一定以为就是因为外公抱住了它，它才会被莫名其妙地拴起来的。

"贝贝，"我对它拍拍手，并且喊着，"过来，过来。"

没想到贝贝低了头又想撞人了，我吓得转身就跑，这个贝贝，怎么会这么喜欢撞人，真搞不懂了。

我只能远远地看着它在田野上玩耍。呵，它可真的什么都敢撞，我看到它连树都敢撞。唉，它连树都敢撞，还有什么不敢撞的？

外公说，等它再长大一点就不会这么喜欢撞人了。我只能等着贝贝再长大一点，可我又在心里祈祷，千万别长得太大哦，因为我还没抱够它，还想多抱抱它呢。唉，现在我只能远远地站在田野上看着它，它也看着我，可是我们没法交流，它不知道我想什么，我也不知道它想什么。

正男哥哥来了，贝贝竟然没有撞他，我躲在正男哥哥身后，想一点点靠近贝贝。

"你得给它吻一下手，"正男哥哥说，"吻了手它就不会撞你了。"

原来是这样啊，我想，早知道这样，我早该给它吻手了。

正男哥哥带着我靠近贝贝，我小心翼翼地把手伸给它，它终于吻了，还舔了一下。我们终于成了朋友，它真的再也不撞我啦。

我和正男哥哥在田野上跟贝贝玩。田野上真好玩，贝贝喜欢跑来跑去追麻雀。麻雀很会玩，飞上飞下就是不让小家伙追到，真是有趣。

我去采了野花送给贝贝，可是它不喜欢花，总是把我送的花弄得乱七八糟。

唉，它根本就什么都不懂。

我们到水沟边去玩，贝贝就跳到水沟里去。

"贝贝，快别去，"我叫着，"沟里有水呢。"

贝贝在水沟里跳来跳去玩，原来小沟里有许多蹦蹦跳跳的小蛤蟆呢。

我和正男哥哥也跳了下去。因为还是水沟里还有点水，所以我们是蹬掉了鞋子下去的。我们一下去，草丛里像炸开了锅，全是跳跃的小蛤蟆。我的眼睛立刻发亮，盯住那些草丛里的小身影不放，我跑来跑去抓它们，它们窜来窜去，看似很多很多，可是我没有一次得手的。后来我改变方法，像正男哥哥一样，用脚尖走，猫着腰，双手合成一个罩，随时准备扣下去。小蛤蟆非常机灵，它们埋伏在那里一动不动，我很清楚，只要我把手罩下去，它们就会跳走。但是也有成功的时候，我盯准了那些草。那些草不是很长很长的草，是那种嫩绿色的不长也不短的草。不知为什么，小蛤蟆喜欢躲在这样的草丛中。突然间，我是说我手心扣下去的那个瞬间，我发现我成功了，有小蛤蟆被我扣住了，不像是一只，应该是好多，它们凉凉的头在我手心里一撞一撞的，怪痒痒的，我小心地把双手合拢，掌心弓起来，这样就不会弄疼了它们。我把小蛤蟆捧在手心里，用胳膊肘帮忙爬上沟，把小蛤蟆放进水稻田。小蛤蟆立刻跳走了。

"你在干什么？"正男哥哥问我，他很奇怪。

"知道吗，"我回答，"小蛤蟆会变成大蛤蟆的。"

正男哥哥笑了起来。

"你笑什么？"我说，"蛤蟆会在水稻田里捉虫子的。"

正男哥哥不笑了，也帮着我抓蛤蟆。贝贝也不蹦跳了，停住脚步，奇怪地看着我们。

小沟里的蛤蟆真是太多了，我真想把所有的蛤蟆都抓到水稻田里去，可是抓了很久，沟里的小蛤蟆还是有很多很多。

"秀秀，我们回去吧，"正男哥哥说，"该回去吃饭了。"

"你先回去吧，"我说，"顺便给我送饭来。"

我好想把沟里的蛤蟆都抓到舅舅家的水稻田里啊。

唉，那时候的想法真的好天真啊！每当想起这些，心中总是感到无比幸福，真想重新回到那个时候啊。

那时候真的是无忧无虑，那时，我很多的童年时光真的都是在外婆家度过的。正南哥哥虽然只比我大两岁，但是他已经在上学了。他去上学的时候，我就和亚弟玩，要是正男哥哥放假了，我们就有机会和他玩。那时候，正男哥哥虽说放假了，但是他也很苦恼，因为暑假里，舅舅每天总不忘了一件事，那就是派一些活给正男哥哥做。他有时候会叫上我和亚弟一起做。但是我和亚弟也不太乐意做那些事，除非是那种好玩的活，可是哪有好玩的活呢？

"秀秀，亚弟。"正男哥哥在院子里叫我和亚弟。

我们正看小鸡们在早已结了籽的荠菜丛中刨虫子吃，根本没时间理会正男哥哥的喊话。

"等会儿我们要去树林玩，"正男哥哥又说，"你们去吗？"

我和亚弟都站了起来。这么大声，明明是故意说给我和亚弟听的。我和亚弟都跑到了正男哥哥面前。

"知道吗，"正男哥哥说，"我们要去做小船玩。"

"小船？"我说。

"不过，你们得帮助哥哥把墙角的草拔掉，"正男哥哥说，"要不然，就去不成啦。"然后我和亚弟就和正男哥哥一起干起活来。后来苏阳和勇盛来了，他们是正男哥哥的朋友，他们人很好，都愿意帮我们拔草，他们一加入，草一下子就拔光了。

然后我和亚弟就跟着正男哥哥和他的朋友们到树林里去玩，正男哥哥屁股后头挂着小木剑，走来走去很神气。正男哥哥和苏阳找到了一段木头正好做小船，它们在给小船挖船舱的时候勇盛就去割树枝，他说割了树枝要给小船装上桅杆，我和亚弟就去找大树叶，正男哥哥说大树叶可以做帆。

在割树枝的时候，勇盛在一个树洞里发现了一只小刺猬。

"嗨，"他说，"小家伙，出来。"他把小刺猬先引出来，然后把它抓在手心里。小刺猬的刺鼓起来，像个刺球。

我和亚弟看着小刺猬，勇盛让这个刺球在他手上滚来滚去。

"嗨，"勇盛问我们，"想不想玩一会儿？"

我说想的，然后勇盛就把小刺猬给我们玩了一会儿，小刺猬一直鼓着刺，它的小眼睛一直看着我，我不知道它为什么一直这样看着我，我觉得它很可怜，它太小了。

"让它去睡觉吧，"我说，"它想睡觉了。"

"不，"勇盛说，"我们做了小船，正好可以让它去旅行。"然后他就捧着小刺猬向正男哥哥他们跑去。

"不，"正男哥哥叫起来，"它会淹死的。"

"我们做的小船不会翻的，"勇盛说，"你们想想看，一只小刺猬，乘着小船去旅行，那是一件多么有趣的事。"

"不，我不同意，"正男哥哥说，"它会饿死的，"我紧紧地拉着正男哥哥的手，我觉得他们两个要吵起来了。

"它不会饿死的，"勇盛说，"想想看，我们的小船有一天会靠在某一个地方，那儿说不定正好有一片森林，那样的话我们的小刺猬就会跑进大森林，这不是很好吗？"

"不，"正男哥哥还是这样说，"我不同意你这么做。"然后勇盛就推了正男哥哥，正男哥哥摔倒在地。

勇盛把小刺猬扔进小船舱，把小船放到河里去，树叶帆船马上把小刺猬带走了。

"嗨！"正男哥哥拔出小木剑大叫一声，冲上去追勇盛，勇盛逃走了。

正男哥哥带着我们去追树叶帆船，树叶帆船一个劲地随着水流向前飘去。

正男哥哥让我们快跑，可是树叶帆船在河里飘得那么快，我们一点儿也没办法够到它，而且亚弟不停地摔跤，我和正男哥哥真的也要和亚弟一起哭了。

"前面有一座独木桥，"正男哥哥说，"我们可以在那儿拦住帆船。"然后我们又和帆船赛跑，正男哥哥说我们一定要比帆船先到独木桥那儿。

我们终于跑到了独木桥那儿，帆船远远地在向我们飘来啦，我们趴在独木桥上一边喘气，一边等着帆船飘过来，小刺猬离我们越来越近啦，我的心砰砰砰地跳个不停，我不能确定正男哥哥能不能拦住帆船。

啊，帆船向正男哥哥伸出手的方向飘来啦，我真想能够把我的手接到正男哥哥的手上，正在这样想的时候正男哥哥叫了起来，他拦住了帆船，正男哥哥真厉害，他把帆船紧紧地抓在了手里，然后他小心地把小刺猬抱了起来，我把空空的帆船重新放进河里，一只蜻蜓飞来停在上面，我说，就让蜻蜓乘着帆船去旅行吧……然后我们抱着小刺猬回到了小树林，我们把小刺猬放在地上，它嗅了嗅青草地，又回头看了看我们，然后向小树林跑去……

"正男哥哥，"我轻轻地说，"我们回去吧。"我们都有点不忍心再惊动这只小刺猬了。

正男哥哥在地上找到了丢在那儿的小木剑，他又把剑挂在屁股后头，然后我和亚弟紧挨着正男哥哥回家去……

后来，我们不时会悄悄地到树林里去看看那只小刺猬。它一直在那里，那时候它一直在那里。我们感到很安心。后来，我们，我和正南哥哥、亚弟，我们三个都长大了，我们又去那片树林找过它，可是它好像不在那里了。我不知道它去了别处还是它还在那里，也许是我们长大了，它认不出我们了，还是它也长大了，就不打算出来见我们。唉，到现在我还时常会想起那只小时候的小刺猬，说真的每当想起它，心里还真是有一种惆怅的感觉，我是不是今生再也不可能见到它了。

有一段时间，我是说每年最热的那些天，那时候正是水稻疯长的时候。那时候我没意识到这个，现在我当然知道了，水稻就是喜欢在高温的时候疯长的。那段时间水稻疯长，杂草也会跟着疯长，所以那时候舅舅就会请一些人帮忙，去拔掉那些田间的杂草。舅舅总是让他的工人们大清早就到他的农田里干活，你千万不要以为我舅舅是个黑心的老板，才不是呢，他那样做完全是为了爱他的工人们，舅舅说："中午太热，要避暑，大家干了一上午，下午就不用干了，可以在家里休息。"

那天，舅舅请了苏阳和勇盛的爸爸喝酒。正男哥哥把苏阳和勇盛也请来了。啊，我们那时候就是这样，大人们聚在一起的时候，我们小孩子也可以有机会聚在一起。苏阳和勇盛来了，家里一下子就热闹起来了。大人们还在喝酒的时候，勇盛他们要去划船。我最喜欢到船上去了。那时候我以为每家每户都有船，其实也不是，你看着他们平时都有船用，其实有的一家是与别人家合用的，或者是向别人家借的。外公有一只小木船，外公有时候摇着它去镇上，有时候摇着它去把田间的庄稼收回来。我记忆最深的是那年秋天，那年秋天外公不知用船往家里运了多少山芋和南瓜，那时我们每天都可以吃到山芋或者南瓜，那时我还不懂这就是丰收，现在才深深地怀念那一船船黄澄澄的颜色，或是那一船船紫红。

外公的小木船又小又干净，散发着淡淡的桐油的气味。到现在我还有那种感觉，是那种你看见了就想把那里当家的感觉。那时候我们都喜欢到船上玩，可是大人们是不让的。那次就是这样，大人们把我和亚弟叫住了。

"你会游泳吗？"苏阳的爸爸笑着问亚弟。

亚弟瞪着眼睛说不出话来。

"不会吧，"勇盛的爸爸喝了口酒说，"不会游泳的人可不能上船。"然后亚弟哭了起来，大人们就知道把小孩耍哭，然后他们就看着我，我才不会哭呢。

"我会游泳。"我说。

"秀秀会游的，"舅舅笑着说，"她学过的。"

大人们终于相信我了，我开心地跳了起来，然后转身就要往外跑，这时亚弟跳来跳去也要跟我去，我只能停住脚步，没有得到大人们的同意我不能带他去。

"亚弟，"舅舅说，"你不会游泳，不能去。"亚弟又开始哭了，我转身走了，回头看见亚弟躺在地上，舅妈把他抱走了。

我跑到河边的时候正男哥哥他们已经在船上等我了，我爬上船，正男哥哥用竹竿在河边一点，船就离开了岸边。

苏阳在划船，我发现他有点不会划船，他划来划去，小船总是在河中打转。

"不会划船别老抢着划，"勇盛说，"让我来划。"然后他把苏阳拉开了。勇盛划船更奇怪，划着划着，小船会往后面倒退，我们都奇怪地望着他，又划了一会儿，船又往前去了，然后我们舒舒服服地在船舷坐下来。

划船是一件非常有趣的事，直到现在我还清晰地记着水在船舱底下流动时发出的"潺潺"的声音呢。后来，我读书以后，就忙了起来，外婆那儿就去得少了。但是那段童年的记忆却已经深深地刻印在脑海里了。

湿地

那是我一生的财富，我是说我小时候在外婆家度过的那一个个日日夜夜。那时候，每当农闲，或者外公心情好，外公就开始鼓捣他的那些旧收音机。他有很多收音机，大部分是听坏的。只要不是农忙，晚上的时候他一有空就会摆弄它们，其中有几个收音机也被他修好过，虽然外公不怎么懂修收音机，却喜欢替人修收音机，村里很多人会把听坏的收音机拿来给他修，也有人不相信我外公的，说我外公哪会修什么收音机，外公听了从不生气。

勇盛的奶奶拿了一个破收音机来，然后把收音机放在外公面前的桌子上，说："我这个收音机没有声音啦。"

"哦，"外公说，"不知能不能修好。"

"没事，"老奶奶笑着说，"我相信你。"

"没声音了？"爷爷拿起收音机看了一下说。

"是啊，"老奶奶说，"开关不顶事了。"

"哦，"爷爷说，"你明天再来拿吧。"

"明天来拿吗？"奶奶说，"啊不，我就等着你修吧，我今天就要拿。"然后老奶奶坐下来等。

外公拿起收音机看来看去看了几遍，然后把它摇了一会儿。

"要摇坏的。"奶奶叫道，她差点从椅子上跳起来。

"不会的，"外公对老奶奶说，"我是听听它坏在哪里。"

然后外公把一只手按在收音机上，一只手拍打收音机，老奶奶这一回真在椅子上坐不住了，她问外公："你这样修收音机行不行啊？"

"别急别急，"外公连忙说，"让我打开来看看。"然后外公继续拍打奶奶的收音机，不过这次是因为要打开这台收音机。

外公让我在抽屉里找一个小刷子。我不知道他要一个小刷子做什么，老奶奶也奇怪地望着他。

我找到了小刷子，外公又让我把小螺丝刀递给他，然后他用螺丝刀把老奶奶的收音机拆开来了，我探头一看，吃了一惊，里面有非常非常多的零件，我很担心外公会弄不好这个收音机。

"这儿，"外公说，"用刷子清理清理。"外公对我说，然后我就照做了。

"这叫音量电位器，"外公说，"有时候上面积了灰尘也会出问题的。"然后他打开开关试了一下，收音机还是没有声音。

然后外公用螺丝刀在收音机上能转的地方都转了几下，他嘀咕着说要看看收音机有没有出现螺丝松动的情况，结果收音机还是没有声音，我真的有点替外公担心了，我看到老奶奶在那儿直皱眉头，我对老奶奶笑了好几次，我想让老奶奶别生我外公的气。

外公又让我找来了一小瓶防锈油，他说，有的零件生锈了收音机也会出毛病，他在能喷的地方喷上了几滴防锈油，结果收音机还是没声音。

老奶奶站了起来，就在这时，外公叫了起来："清洗波段开关！"然后外公拿小刷子小心地把波段开关上的灰尘刷干净，然后一试，有声音了！我和外公都被这声音吓到了，我们真没想到清洗波段开关这一招会这么灵，哈哈，我不知道老奶奶有没有被吓到，我想她这会儿一定很佩服我外公，没花多少力气就帮她修好了收音机。最主要是，外公修这个吧，不收钱。牛吧。不过那时候村子里帮你修东西不收钱的情况很多很多的。他们会说，得得得，都是老熟人，举手之劳，收你什么钱呢？

有一天，我们正在吃饭的时候，舅舅接了一个电话。因为我坐在舅舅最边上，所以电话里的声音也被我听到了。"喂，"对方那个人说话好大声，他说，"老朋友，你好啊！"

"你好，"舅舅说，"你是——"

"我是你的小学同学啊，"那个人说，"我们同桌过。"

"猴子，"舅舅大叫起来，"老朋友，我们好久不见，哪天我们见一见。"

"哈哈，老朋友，"那个人说，"我正有事找你呢。"

"有事尽管说，"舅舅说，"我能帮的一定帮你，说吧老朋友，什么事？"

"你那儿不是有一块湿地吗？"那个人说，"我想搞个投资，咱们合作把它建成一个农家乐饭店，你看——"我看到舅舅听到这句话脸色一下子变了，然后他把电话也关了。

"真是笑话，"舅舅说，"这个猴子，主意打到我的头上来了，我的湿地，还用得着你来投资？"

"我看这个主意不错，"舅妈说，"建成了农家乐，会吸引很多人来玩。"

"他们会捉了我们的小鱼小虾吗，舅舅？"我问，那儿长满了青草，青草下面小鱼小虾可多啦，我和正男哥哥最喜欢到那儿去玩。

舅舅摸摸我的头，告诉我说他不会同意的。"我再也不想和这个姓曹的做朋友了。"舅舅说。

没想到第二天舅舅的那个朋友就来了。

舅舅简单地和他打了招呼，然后说要去干活了。

"老朋友，难道你就是这样招待你的老朋友的吗？"舅舅的朋友朝着舅舅的背影大声喊道，"我还没看到你的湿地呢。"

舅舅笑了，说："要看你自己看去。"然后舅舅就走了。

"小朋友，你们带曹叔叔去看看湿地，好吗？"舅舅的朋友说，"我只是看看，只是看看，唉。"我和正男哥哥只是笑。

"我小时候在湿地上玩过，"那位曹叔叔说，"我只想再玩一次，玩一次就回去。"曹叔叔都快对我们下跪啦，我和正男哥哥就带他去湿地。

我们一路朝湿地飞奔，曹叔叔因为很胖，怎么也跟不上，我们只能等他。

湿地真好玩。我和正男哥哥甩掉鞋子就踏上草地。草很厚，被太阳晒得暖洋洋的，小脚陷进草丛里，真好玩。曹叔叔跑过来，一脚踩上去，天哪，他的鞋陷了下去，另一只鞋也跟着陷了下去。曹叔叔喊起了救命。他的脸也变得通红。我和正男哥哥没法帮他，因为他太重了，我们根本架不起他。我们马上爬上岸，找来了棍子。"终于有救了！"曹叔叔说。

我们让曹叔叔抓住棍子，然后我们在岸上营救曹叔叔。

要把曹叔叔从泥潭里救出来真不是一件容易的事。我们身上溅到了很多泥，曹叔叔脸上也溅到了不少泥。

"这个办法不行。"正男哥哥说，因为曹叔叔好像比原来还要陷得深了。这个湿地真把曹叔叔害苦了，他开始哭了。

"这怎么办呢？"正男哥哥也没了主意。

"去叫舅舅，"我说，"舅舅一定有办法。"

舅舅来了，看见曹叔叔这个样子，差点把力气都笑没了。曹叔叔也笑，大家都笑得止也止不住。

"快啊，"曹叔叔朝舅舅大叫，"快救我啊。"

舅舅也拉不起曹叔叔，可能是刚才笑得太厉害了，用掉了不少力气。

曹叔叔怪舅舅没力气。舅舅怪曹叔叔太胖了。两个人说着说着吵起来了，吵着吵着又都笑了。

舅舅说："你在下面想办法把脚从鞋子里脱出来。"

"我鞋子很贵的。"曹叔叔大声说。

"你就这么舍不得你的鞋子吗？"舅舅大叫道。

"我鞋子真的很贵的。"曹叔叔说。

"那么你只能和你的鞋子在湿地里过夜了。"舅舅说。

"就没有别的办法了吗？"曹叔叔问。

"你放心，"舅舅说，"我有办法帮你把鞋子弄出来的。"

"好吧。"曹叔叔说，他非常艰难地在泥底下把脚从他的皮鞋里脱了出来。

然后舅舅喊着号子把他的朋友弄上了岸。

"噢，湿地！"曹叔叔懊恼地说，"还有我的鞋！"

"曹叔叔，"我问，"湿地好玩不？"

"我的鞋还在泥里呢。"他对我说。

"别急，"我说，"我舅舅会有办法的。"然后我们等着舅舅把曹叔叔的皮鞋从烂泥里弄出来。

蚕宝宝

那时候，特别是春天，外公从田野上回来时老有惊喜带给我。这天外公又给我带回了一个大大的惊喜，这个惊喜你猜也猜不到，告诉你吧，是蚕宝宝。蚕宝宝真可爱，在盒子里忙来忙去吃桑叶，我数来数去一共有10条。我可喜欢蚕宝宝了，把它们当宝贝一样放在茶几上。小猫咖啡也很喜欢蚕宝宝呢，跳上茶几，一眼不眨地看着它们。我很想请苏阳和勇盛来看看我新养的蚕宝宝，然后我飞快地跑去找他们。

我们很快就回来了，可是可是发生了什么事，你想也想不到，我的蚕宝宝不见了，一条也不见了，我马上哭了起来。苏阳和勇盛说一定是咖啡把蚕宝宝弄不见了。外公外婆问我怎么回事，我就说是小猫咖啡把我的蚕宝宝弄丢了。

小猫跳下地去。

"过来，"外婆把咖啡叫到面前，问，"谁叫你闯祸的？你把蚕宝宝弄到哪儿去了？"

咖啡一点儿也不明白，望着外婆。

我还在掉眼泪。外公说他还能搞到蚕宝宝，"这回啊，"外公对我说，"外公要给你搞野生的蚕宝宝。"

"野生的蚕宝宝好，"外婆说，"又壮又灵活。"外婆说得我哭不出来了，然后我就笑啦。

外公就叫我拿上盒子跟他一起出去找野生的蚕宝宝。在河边的一棵野生的桑树上，外公找到了蚕宝宝。外公说它们都是野生的，野生的东西都是好东西。听到这个我又笑啦，我喜欢野生的蚕宝宝。

回到家，我第一个让咖啡看我的蚕宝宝，可是咖啡还在受罚呢，外婆不让它乱动，我就觉得心里很难受，我抱起它，叫它别难过，然后我和咖啡一起看我的野生蚕宝宝。

野生蚕宝宝太喜欢动来动去了，总是喜欢爬到盒子外面去，哎我只得把盒子放在眼前，一发现小家伙们要往外爬时我就叫它们回到盒子里去。咖啡也学会了这么干，看到蚕宝宝爬到盒子边上，就叫它们回去，哈哈，有咖啡在，我就不用老盯着这些小家伙啦。咖啡真的很棒。

要去采桑叶了，咖啡也想去，然后我们就一同去采桑叶。桑树太高了，我爬了几下，没有办法爬上去，咖啡却一口气爬得老高，它还在上面叫我上去呢。

"加油，"我对自己说，"加油！"我就咬着牙往上爬，可是爬着爬着，我就哭起来了，因为我再也爬不上去了，也爬不下来了。咖啡真着急，在树上急得团团转，我哭了。咖啡跳下树朝远处跑走了，我哭得更厉害了，我不知道咖啡为什么跑走了，它跑到哪里去了呢。

不知道过去了多久，我发现树下有人来啦，我就笑起来啦，原来是舅舅和正男哥哥他们来啦。舅舅爬上来把我抱下了树。正男哥哥帮我采了桑叶，然后外婆叫舅舅抱着我回家啦，小猫咖啡笑眯眯地走在后面。唉，这样的美好时光再也不会回来啦。

后来，蚕宝宝慢慢长大啦，身体越来越胖，正男哥哥很喜欢盯着我的蚕宝宝看。

"秀，"正男哥哥说，"跟你说个事儿。"

"什么事呀？"我问。

"我想问你借两条蚕宝宝。"正男哥哥看着我的眼睛说。

"为什么呀，"我说，"为什么要问我借蚕宝宝呀？"我老大的不情愿，我不要看他的眼睛，我只要看自己的鼻子，我还看到自己翘得高高的嘴唇。

"秀，"正男哥哥说，"我们来搞个试验，把蚕宝宝放到树上，看它会怎么样，可好？"

"不行啦。"我说。

"我们试一试，"正男哥哥说，"看蚕宝宝会不会自己照顾自己，自己长大。"

"为什么呀？"我还是老大地不情愿。

"因为它们是野生的嘛，"正南哥哥说，"野生的东西都喜欢在野外生活。

我还是没同意。

可是明天我就得回家去，去办入学的手续，唉，我真不放心我的蚕宝宝啊，我回家后，正男哥哥会不会把我的蚕宝宝放回到树上去呢，但愿他不会那么干，但是我又想他可能会那么干，他喜欢搞一些奇怪的名堂。

"你想不想看到桑树上挂满了茧？"他说，"到时候我只要爬上去把它们一个个摘下来就行。"

我还是摇了摇头。

我回家的那几天，我差不多每天都要打电话问外婆我的蚕宝宝在不在，外婆总是笑哈哈地说："在啊。"然后我就放心了。

我再回外婆家时蚕宝宝们已经长得很大啦，可是我发现蚕宝宝们不动了，这条不动了，那条也不动了，很多蚕宝宝都不动了，我急得哭了起来。

"不是我，"咖啡在一边喵喵叫着，好像在说，"我什么都没干。"可怜的咖啡一定以为蚕宝宝又不见了。

"也不是我，"小狗雪球"汪汪"叫了几声，仿佛也在为自己辩解。

是的，那时候舅舅家又新添了一条狗，很小，雪白雪白的，大家都叫它雪球。。

外婆跑过来看了看说："放心吧，蚕宝宝没死，它们要上山了。"

"上山？"我问。

"蚕宝宝要结茧啦。"外婆说。她拿了一些稻草铺在盒子里。

外婆让我好好看看蚕宝宝会做些什么，我就在那里认真地看，只见蚕宝宝卧在干净的稻草上，它们纷纷仰着头开始吐丝啦，它们把丝一根一根地裹在自己身上，呵，蚕宝宝们好忙啊！外婆说："到明天啊你看着吧，蚕宝宝们就都躲到茧里去了。"

好奇怪的事情！我真恨不得马上就到明天。

第二天，这一季的蚕宝宝们都结茧了，白的、灰的、黑的等等，什么颜色的茧都有。那时我好奇极了，我真的不懂得，明明有一条条白白胖胖的蚕宝宝的，怎么会说没有就没有了呢。那时候这个问题我几年都搞不明白，问了大人也没弄明白，这种懵懵懂懂的感觉真是好啊，现在想想都会热泪盈眶。

后来才懂得，大人们也会有那么多美好的从前，现在想起，是多么地令人心碎。

那一次，外婆在收拾东西。

"秀，"外婆在叫我，"秀。"

她塞给我一个球，我一看是一个排球，一个很棒的球，我欢喜得不得了。

"哪来的？"我问外婆。

"你舅舅小时候的，"外婆说，"一直放在这个袋子里呢。"外婆把袋子给我看。我很想看看袋子里还会有些什么，然后我在袋子里找到了一些玻璃弹珠和一把玩具手枪。

我和正男哥哥在玩排球，我们把球弹得高高的，然后落下来时又把球弹得更高，舅舅回来的时候一伸手把我们的球接了过去。

"在哪里找到的？"他举着球问，我看到他的眼睛里放着光。

我告诉他是外婆在整理东西的时候发现的。舅舅亲了一下球，说："这个球。"

苏阳和勇盛看见我们在院子里玩球，就赶过来看。舅舅饭也不想吃了，说都好几年没玩排球了，想先过过打排球的瘾，然后舅舅就和我们玩起了排球。

"哈哈，原来是你们这帮小子，"勇盛的爸爸丁叔叔从隔壁跑来说。"我说呢这里怎么会有打排球的声音。"

"哪天我们来一场排球赛，"舅舅把球一拳打上天，然后对丁叔叔说，"就像我们小时候那样。"排球落下来时，他一伸手接住。

"对，"丁叔叔说，"叫上我们原来的人马。"

"要我们那时候的原班人马，"舅舅说，"铁榔头一定要叫到。"

"铁榔头？"我问。

"一个扣球最厉害的家伙，呵，"舅舅说，"我好想他。"

"铁榔头，"丁叔叔说，"我也想他，我们在一起的时候太好玩了。"

我很想知道这位铁榔头叔叔是个什么样子的人，很想看看他们到底有多厉害。我和舅舅一样急切地盼着那一天的到来。

"有没有联系到？"见到丁叔叔，舅舅总是这句话。

"这不是一直在联系吗，"丁叔叔说，"你一直问，他都有点不敢来了。"

这天，丁叔叔终于带来了好消息，说他们小时候打排球的原班人马都约到了。听到这个，舅舅的嘴再也合不拢啦，见到谁都笑，还对放在桌上的排球笑，舅妈跟他开玩笑说别笑傻了，舅舅还是乐呵呵地笑。

约定的日子到了，一大早，舅舅就和丁叔叔站在院子里迎接他们的朋友，近的朋友早早地都来了，有几个开车来的朋友打电话来说还在路上，我觉得这天家里就像过节一样热闹，人人都很快活。大家都在说那个铁榔头怎么还没到，舅舅就让丁叔叔再联系他。

"到了，"丁叔叔说，"他说快到了。"

大家都站起来往外面走，我很奇怪，铁榔头叔叔到底是一个什么样的人呢，我抱着排球夹在叔叔们中间跑出去看。

铁榔头终于到了，每个人都和他抱了一阵，大家都很高兴，舅舅的脸也涨红了，眼角还闪着泪花。我就想舅舅和铁榔头叔叔那时候肯定是好得不能再好的朋友。

铁榔头叔叔看到我抱着排球，愣了好一会儿。"给我。"他轻轻地说，我把球递给他。

"这个球，"他抱着球亲了又亲，说，"还是那样。"

舅舅和铁榔头叔叔头碰头抱在一起，我想这个球一定浸满了他们的欢乐和泪水，那时候根本不能体会到一个球在他们心中的分量。

在田野的空地上，排球赛开始啦。观赛的人来了一拨又一拨，苏阳的爷爷奶奶还带了小凳子坐在前排看呢。他们这哪是看啊，他们明明是来坐在一起说话的。"那时候，整天抱着个球，"苏阳的奶奶说，"不到天黑不回家。"

"怎么不是，我们家小东，也是不到天黑不回家。"

"就是呀，我们阿文，那个野啊！"

"我们的也不是吗？就知道球。"

突然奶奶们吓了一跳，原来铁榔头来了个漂亮的扣杀球，大家正叫好呢。然后他们继续说他们的话题。

这场排球赛连裁判也没有。本来是有的，是一个小个子叔叔，因为他个子有点小，他说以前小伙伴们老是要叫他做裁判，这回大家还叫他做裁判，他都要发火了，他嚷嚷起来："我都几十岁了。"

"我就要打球。"他说。他把叫子都扔啦。

没有裁判就没有裁判，排球赛照样进行。

打了一阵，舅舅和叔叔们都仰面躺在草地上，我和我的伙伴们也跑上去躺在那儿，我们望着蓝天白云，感觉特别快活。然后舅舅让我们撤离场地，说要继续比赛。一个小朋友跑去抱着他的奶奶问刚才爸爸他们为什么要睡觉，他的奶奶抱着他笑着说，谁知道他们，他们从小就这样玩。她的心里是对他们满满的欢喜。

那位不肯当裁判的小个子叔叔很厉害的，冲来冲去救起了好几个球，大伙儿给了他不少掌声，他看起来特别高兴，动不动就要跟我们招手，正男哥哥说他很有明星范儿。

那位铁榔头叔叔总能发起一次又一次的扣球，他得到的掌声最多，有时候他刚做了个起跳的动作，还没扣杀球呢，就已经有人给他送上掌声了，等到扣球成功就又会有掌声，所以赛场上总是掌声不断，笑声不断。

球赛结束了，叔叔们脱下球衣，互换球衣，我看到舅舅和铁榔头叔叔互换了球衣。外婆留他们吃了热气腾腾的饭。后来，叔叔们要走了，他们握手的握手，抱头的抱头，拥抱的拥抱，我和我的伙伴们一路跟出去老远老远……

后来，人都走了，院子里只剩下舅舅一个人了，他一个人呆呆地坐在那里，我们在院子里跑来跑去抛球，他就仰着头笑嘻嘻地看着我们把球抛来抛去。

魔法师

　　那时候亚弟一天比一天会闹腾了。瞧，亚弟跑来跑去的外婆都不好做事了，外婆就让我和亚弟玩。亚弟不喜欢听故事，我就找来报纸，把报纸一卷，就做成了一顶高帽子。

　　"这是什么？"亚弟问，这个小家伙，见到了新奇的东西终于停住了一会儿脚步。

　　"魔法师的帽子。"我说。

　　我把帽子戴在头上，又把一条小被单披在身上当披风。

　　"你是谁？"亚弟问，天哪他都不认识我啦，他的眼睛瞪得可圆啦。

　　"我是魔法师。"我说。

　　"魔法师？"亚弟奇怪极了，问，"魔法师是谁？"他实在不认识这个魔法师。

　　"魔法师有魔法，会变东西，"我说，"魔法师什么事都能办到。"

　　我抓了一样东西放在披风里，"刷"一晃，在亚弟面前变出了一个小熊玩具，亚弟很开心，便"咯咯咯"笑起来。我又找了几样东西藏在披风里，然后在亚弟面前"刷刷刷"一样一样变出来，逗得亚弟好开心。

可是玩了几次，亚弟又想跑开了，亚弟已经不喜欢这个只会变东西的魔法师啦。

"亚弟，想不想飞？"我又及时想出了一个招。

亚弟突然站住，转头看着我，想了想又点点头。

我把他藏在披风里，他很开心。"闭上眼，"我说，"我们要飞啦。"然后我们就一圈一圈地转，我们差点摔倒。

雪球跑进来，奇怪地看着我们。

"我到天上啦，嘻嘻。"亚弟说。

"天上有什么？"我问。

"魔法师。"亚弟说。

"天上也有魔法师？"

"是。"

"还有什么？"我又问。

"雪球。"他说。

"雪球也在天上吗？"我问。

"是。"

然后我们又转圈，转了好多好多圈，这回我们真的摔倒啦。

亚弟说魔法师真好玩，天上真好玩，他爬起来拍着手又想跑开啦。

反正那阵子亚弟特别不好照看，即使只是一眨眼的功夫，他指不定闯祸了。所以我们不得不时刻盯着他。他最喜欢站在那里看外婆放在水缸上的泡姜茶水的那只淡绿色的陶瓷缸，但是他够不到它，更看不到里面清亮的姜茶水。这个水缸并不大，但是比亚弟还要高一点，里面的水是井水，外婆喜欢把井水盛放在缸里，这样用起来方便。

"秀，"外婆在叫我，"去看看亚弟。"

我说好的。亚弟最喜欢玩水了，不管到哪里只要看到水就会想着去玩一玩，就是河边他也敢去，所以啦，我们一直要盯着他。

"亚弟，亚弟。"我在家里喊来喊去，最后在厨房里发现了他。他老爱呆在厨房里，厨房里的每个桶他都不会忘了去看一看，他知道有时候有的桶里会有一点点水，要是发现有水他会非常开心，就会伸手玩上一阵，等到大人们发现，他的袖子早湿啦。为了玩水的事情，亚弟老要被舅舅罚站。

这天，舅妈让亚弟和我呆在房间里玩堆积木的游戏，我在搭建一个游乐场的时候亚弟溜进了厨房，然后就在水龙头上玩起了拍水游戏，小猫咖啡紧跟着也跳上去和他一块儿玩，等外婆发现，亚弟全湿啦。

舅舅回来了，外婆就把这件事告诉了舅舅，舅舅就让亚弟去那边罚站，"好好想想。"舅舅说。

"想什么？"亚弟问，忽闪着眼睛。

"老是玩水对吗？"舅舅说，"给我好好想想。"

"哦。"亚弟说。过了一会儿他又说："咖啡也玩了。"

咖啡也被命令罚站，咖啡站在另一边。

两个罚站的小家伙你看看我，我看看你，亚弟都忍不住笑起来啦。

"不许笑。"舅舅喊道，"给我好好想想。"

又站了一会儿，亚弟开始给咖啡做鬼脸，咖啡觉得好玩，就喵喵叫，最后亚弟又忍不住笑出了声。

"不许笑。"舅妈说。

"我要和咖啡站在一起。"亚弟说。

"为什么呀，"舅妈问，"为什么你们要站在一起？"

亚弟不说话，偷笑。

"是想和咖啡闹，是吧？"舅妈说。

突然咖啡逃了出去。

"咖啡逃出去了，"亚弟叫了起来，"我去追。"亚弟说着就跑出去啦。我和舅妈想要抓住他都来不及了。

亚弟把咖啡追回来了，他很得意，这回他又可以和咖啡一起罚站啦。这个亚弟。

那天舅舅说要教我们玩打保龄球的游戏，他让我们去找一些矿泉水瓶子。

"往瓶子里装沙子，"舅舅坐在那里对我们说，"别装满，半瓶就够了。"

我呀最喜欢玩沙子了，往瓶子里灌沙子真好玩，亚弟也来帮忙。我们很快装好了。

"把瓶子倒过来，"舅舅又说，"围成一个三角形。"

舅舅简单教了我们一下玩法后，我和正男哥哥就玩起保龄球来。

不好啦，亚弟来啦，他不是把保龄球瓶拿走，就是把瓶子踢倒，我给他小玩具他也不要，偏要拿瓶子，我们按住他的手不让他拿他就哭，唉，真没法玩了。

苏阳和勇盛来了，我们就想来一场保龄球比赛。为了让比赛正规一点，苏阳说要做一个球道。我们拿竹竿在两边一拦就变成了一个球道。

天哪，亚弟又来了，在球道中间跑来跑去。雪球和咖啡也来了，跳来跳去把保龄球瓶碰倒了几次。我们真有点恼火，只是因为雪球是一只宠物狗，白白的，个子小小的，样子很可爱，所以也不好把它怎么样。

我们把亚弟捉住，亚弟就在那儿哭，正男哥哥把球丢过去，砰，瓶子撞飞了，不是正男哥哥的球打的，而是雪球跑来一头撞飞的，啊，真没法比赛了。正男哥哥跟雪球跺脚生气，雪球以为在逗它玩呢，就跳来跳去和正男哥哥玩起来啦。正男哥哥只好假装生气，雪球见正男哥哥不开心就表演杂技给他看，先来个满地打滚，再来个倒立，啊，看得我们哈哈大笑，我们正笑得起劲，雪球突然又来了个躺下装死，亚弟还以为雪球真死了呢，急得直哭。直到雪球重新站起来他才止住了哭。

那时候我喜欢画画，一次调颜料的时候，我让亚弟趴在桌边看着，别老是动来动去的，他老伸手碰碰这个，碰碰那个，动作快极了。我盯着他也没用，他一伸手就在颜料盘里蘸到了颜料，尝尝，"呸！呸！"一个劲地吐舌头，可不是那个味儿，呵，小家伙，看你还尝。

我最喜欢画桃树，外婆村子里的桃树可多了，树上满满的全都是花，漂亮极了。我给桃树画桃花的时候，亚弟就伸手蘸了颜料在树上点了一下，他叫了起来："呀，好漂亮的花。"

我发现亚弟用手指头点出来的花太漂亮了，就扔掉笔，也用手指头蘸了颜料在树上点来点去，亚弟也这么干，天哪，咖啡也跳上来看热闹啦，它的脚不小心踩在了颜料盘里，还在图画纸上走了一圈，这下可好，它走过的地方好像落了一地的花瓣。

"亚弟，这儿，"我说，"还有那儿。"今天呀我就让亚弟玩个够。

这棵桃树满身都开着花，就连树根上也开着花呢。亚弟手上的颜料还按到了舅妈的脸上，舅妈脸上也像开了花。

我在画的左边题上"桃花点点开"这几个字。这一回亚弟就只有看的份儿了，因为一家人都来看我的画，亚弟呀早就被舅妈抱在怀里啦。

象棋

那时候，舅舅的象棋不知是谁教他的，他说没人教。那真的很奇怪了，没人教怎么会下那么好？那天中午，舅舅让他的拖拉机休息的时候他也跑到河边树荫下休息，舅舅靠在树上，闭着眼。

很热，我也坐到树荫下去，我问："舅舅，你在想什么？"

"在研究棋谱。"舅舅说，仍然闭着眼睛。

"可你没在看棋谱呀。"我说。

"棋谱在舅舅这儿呢。"舅舅指了指自己的脑袋说。舅舅说过研究一件事情很伤脑筋的，但是他愿意，他愿意为他喜欢的事情伤脑筋。

舅舅说在他心里有一个梦，他要去破掉人们留下的一个个残局，为了这个梦，他一直在努力。舅舅以前告诉过我一些残局的，但是我哪懂啊。

舅舅最崇拜的象棋高手是谁你知道吗？告诉你吧，是谢军。她4次荣获国际象棋女子世界冠军。她太厉害了。我也非常崇拜她，有一段时间我很想看一看她是怎样和对手下棋的。

那一阵舅舅特别快活，因为老有人来找他下棋，外婆说这些人真烦，舅舅说没事他喜欢别人烦。舅舅说平时忙，哪有时间去找人下棋，现在有人找上门来下棋他觉得特别开心。前些天，没人来找舅舅下棋时，舅舅只能和我下，我使劲转脑筋也没办法和舅舅成为对手，舅舅实在太厉害了，我越来越觉得舅舅一定会成为象棋高手的。

这天，舅舅刚到地里，他的朋友王叔叔就来找他下棋。

因为外婆有点不喜欢舅舅老下棋，所以舅舅让我回家把象棋拿到田野上去。"别让外婆知道，"舅舅跟我说，"不然外婆会不高兴的。"

"我知道。"我笑着说完就想跑。

"慢着，"舅舅说，"你说说，你怎么做。"舅舅还是不放心。

"我把象棋藏在衣服里。"我说.

"千万别掉出来。"舅舅说，"掉出来就麻烦了。"说着他自己也笑了。

我一会儿就把棋拿来了，舅舅和他的朋友马上坐下来下棋，我在一边看着。

舅舅下棋手法很干净，想放哪儿就放哪儿，不会拿着棋子在那儿想东想西的，而王叔叔就有点不同了，他很喜欢想。

"这儿。"王叔叔想了半天，终于把一颗棋子放下去。

王叔叔可能是个慢性子，每一着棋都要托着下巴想上半天，舅舅陪着他慢慢地下着，就这样，你一着，我一着，一盘棋下了很长时间，下完一盘棋，他们都笑着对对方说："你下得好，你下得好。"。

王叔叔说他要留下来帮舅舅干活，舅舅非常高兴，他们在干活的时候也在讨论着车马炮，瞧，谈着谈着两人又在田头坐下来啦……我想，舅舅和王叔叔都是棋迷，他们是真正的棋迷。

王叔叔找了几块土摆出一个棋局，他说："这是车，这是马，这是炮，这是兵，……"他们能记住每一块土代表什么。王叔叔说这是宋朝留下来的一盘残局，他已经研究很长时间了。舅舅和王叔叔坐在那里一心一意地研究着宋朝的残局。

我听不懂残局，就坐在田头玩泥巴，玩着玩着居然做出了许多棋子。"怎么会做出了棋子？"我自己也很奇怪，没多久我就做了一大堆啦，我数了数，一共有 32个棋子，不多也不少正巧可以做一副象棋，然后我用树枝在每个棋子上刻字，啊，这时我学过的隶书书法就派上用场啦，我准备把一半棋子刻上正楷，另一半棋子刻上隶书，啊，等着吧，要不了多长时间，一副象棋就会摆在那儿啦。等一下舅舅和王叔叔看到这副象棋不知道会高兴成什么样子呢。现在，就让太阳好好晒一下，说不定这些棋子会更结实呢。

我觉得做棋子真的很好玩，于是就又换个地方做起棋子来，我要做好多好多副棋子，让舅舅和他的朋友们在田间下个够，最好走到哪儿哪儿都有棋子，我想，这样的话舅舅一定会成为象棋高手了。

民间文艺表演队

外公的一支笛子已经很旧了，看上去像老古董一样，但是吹出来的音乐却是那么好听。傍晚邻居阿姨们都喜欢来求外公为她们吹奏一曲。

"叔叔，您就吹奏一曲让我们听听吧。"若琳的妈妈和她的姐妹们说。

我可明白啦，跑进屋拿上笛子交给外公，外公就在院子里吹奏起来。亚弟听见声音跑来，一眼不眨地盯着外公嘴边的笛子。

"叔叔，您再吹一曲吧，你吹出来的不是音乐，而是仙乐。"吹完一曲，阿姨们又说。

"小心我爸爸把你们一个个都吹成了仙女。"舅舅说，他心情很愉快。

舅舅的笑话让阿姨们个个都笑得合不拢嘴。

"叔叔，"若琳的妈妈说，"我们组成一个文艺表演队吧，民间的，我们自己办。您给我们吹，我们表演。"

"你们能表演些什么节目呢？"外公问。

"我会唱黄梅戏，"若琳的妈妈说，"《天仙配》"

"哦？"外公说，"你唱一段试试。"外公拿来了二胡，起了调，然后若琳的妈妈就唱起来啦，她还会表演呢，舅舅和舅妈也跑来看。

"哎呀，"外公说，"唱得真是好，简直跟严凤英一模一样。"

"我还能唱越剧呢，"外婆笑着说，"《红楼梦》里的。"

"你也想试试吗？"外公笑着问外婆。

"怎么，你以为我唱不来么？"外婆也笑着问。

外公拉起了二胡，外婆就唱了《红楼梦》里的一段。外公瞧着外婆说："唱得简直跟王文娟一模一样。"

然后舅妈说她也能唱。

那是个很特别的晚上，那个晚上外婆家的院子里就跟开演唱会一样热闹，大家都求外公想办法办个文艺表演队，外公说好的，他会考虑的。

外公时不时会用到笛子。这些天外公特别头疼，他老是找不到他的笛子藏在哪儿啦。

"知道外公的笛子藏哪儿了吗？"外公问我，我就帮着外公找。

"又不是什么值钱的东西，干嘛非要藏来藏去，"外婆说外公，"再说自己藏的东西别人能找到？"然后外公就没话说啦。

都是亚弟啦，一见着外公的笛子就要玩，那是怎样的玩法啊，拿着笛子敲敲又打打，外公看见了心都疼死了，为了不让亚弟找到笛子，每次用完笛子，外公就会把它藏起来。

开始的时候，外公总藏在一个地方，就是枕头下啦，你知道，总藏在一个地方的话，外公总是一下子就能拿到，关键就是总藏在一个地方，那个地方就会变得不安全。有一次，那个地方就被亚弟发现了，小家伙没想到会在外公的枕头底下拿到笛子，所以他特别特别开心。

"亚弟，"我说，"把笛子给我，好吗？"

"不。"亚弟跑开了。他拿着笛子这里敲敲，那里打打，还把小手指伸到每一个小孔里去挖，不知道他要想从里面挖什么名堂出来，难道他还以为能从里面挖出音乐来？

外公从外面回来，看见亚弟这样玩他心爱的笛子，心疼得不得了，他拉过亚弟的小手，闭了闭眼，狠狠心打了几下他的手心，亚弟笑着跑开了。呵，小家伙，还以为外公在和他闹着玩呢。

费了好大的劲我和外公才从亚弟手里拿走了笛子。外公说那个地方不安全啦，得重新换个地方。后来藏的地方就转移到沙发坐垫下啦。

"沙发坐垫下真安全。"开始的时候外公总是这样对我说，我替外公感到高兴。可是好景不长，亚弟很快就发现了这个外公所说的真安全的地方，小家伙一天不知道要在那儿翻多少遍。沙发坐垫下再也不能藏啦，于是外公就把藏笛子的地方改在了舅舅的大外套里。

不知怎么搞的，舅舅的外套里也变得不安全啦，因为外公发现本来藏在舅舅外套里的笛子竟然不见了，后来被外婆在水桶里找到了。外公知道笛子再也不能藏那儿啦。就这样，外公藏笛子的地方慢慢地多了起来，今天藏这儿，明天藏那儿，藏到最后连外公自己都弄不清了，每次找笛子都要费很大的劲。

我看到外公这么苦恼就替外公想办法，找来小竹竿，请正男哥哥用外公的锯子把它们锯成笛子一样的一段一段的，然后这儿放一些，那儿放一些，这样亚弟不管在哪儿就都能找到笛子啦。

开始的时候亚弟总是拿着这些小竹竿做的笛子去打小狗雪球和小猫咖啡，害得雪球和咖啡都不敢在家待着了。我告诉亚弟："这是笛子。"

"不是。"他说。小家伙知道笛子是有一个一个小孔的，他的小手指能挖进去的。

后来文艺表演队终于办起来了，正男哥哥和我也参加了。我赶快跑去把这个消息告诉了勇盛，勇盛知道了就再也坐不住啦，他说也想加入表演队。

"爸爸，去跟他们说说吧，"勇盛说，"我也想参加表演队。"

"勇盛，"勇盛的爸爸说，"表演队要的都是有绝活的人，而你，什么都没有。"想起早上勇盛还因为发脾气而躺在地上又哭又闹，于是他又说："要我看，你只有躺在地上发脾气的绝活。"

"爸爸，"勇盛说，"从今天起，我再也不躺在地上发脾气了。"

"别闹了，"勇盛的爸爸说，"我不会去说的，要说也是你自己去说。"

"爸爸，"勇盛说，"我有绝活的。"

"什么？"勇盛的爸爸看了一眼勇盛，摇摇头，对他说："不可能。"

"爸爸，你还记得吗？"勇盛说，"上次去旅游的时候，我跳竹竿舞，可厉害了，是不是？"

"这算什么绝活，"勇盛的爸爸笑了笑说，"只能算很会玩。"

那天我们几个人又在一起跳竹竿舞。竹竿舞就是几个人面对面握着竹竿在地上拍，其他人在里面跳来跳去，跳的时候不能被竹竿夹到脚。若琳他们一边念"开开合"，一边握着竹竿在地上拍，竹竿舞的节奏很带劲。

"趁竹竿分开的时候跳过去，要跳得快，不然——"勇盛对伙伴们说，"会被竹竿夹到脚的。要是谁被夹到了脚，谁就要坐轿子。"

"坐轿子？"我问，我想这一定很好玩，我说，"我喜欢坐轿子。"

"你喜欢坐轿子？"正男哥哥笑着说，"等坐到了轿子你就知道是怎么回事啦。"

"坐轿子到底是怎么回事？"我问。

"就是坐在竹竿上被大家抬出去倒掉。"勇盛对我说。

我听了心里就开始紧张起来，我可不想被抬出去倒掉。

竹竿拍起来了，我们就在竹竿缝里跳，唉真难，苏阳的脚老是被竹竿夹到，大伙儿都说要让他坐轿子，苏阳就说他因为脚大，所以才会被夹到，大家都笑着饶了他。

　　一会儿舅舅回来了，他惊奇地盯着我们看，然后我们问他敢不敢来跳，舅舅扔下手里的东西说："有什么不敢的。"然后舅舅就跟在我们后面跳。突然竹竿停止了拍打。

　　"谁的脚被夹到了？"若琳问。

　　"不是我的，"舅舅说。

　　"是苏阳的，"勇盛喊道，"我看见了。"

　　"我的脚大，"苏阳嚷嚷起来，"我的脚大么。"

　　"我爸爸的脚不大么，"正男哥哥说，"我爸爸这么大的脚都没有被夹到，这分明和脚大脚小没关系的。"

　　"苏阳，你还是乖乖坐轿子吧，"勇盛说，"我们谁也不会相信你的鬼话啦。"

　　"你怎么说话呢，"苏阳插着腰站在勇盛面前，喊道，"谁说鬼话了？"

　　"你！"勇盛说，"脚大脚小，这不是鬼话么？"

　　"就不是，"苏阳嚷道，"就不是。"

　　"把他放倒。"勇盛朝我们喊道。我们笑着一齐上前，把苏阳放倒，然后苏阳只能乖乖坐轿子啦。我们把苏阳在院子里抬来抬去抬了几圈，然后再抬到院子外面倒掉。哈哈！我们怎么也没法把苏阳倒掉，他紧紧地抓住竹竿就是不让自己被我们倒出去，啊原来坐轿子这么好玩。然后游戏继续。

　　勇盛说要是舅舅的脚被夹到了，我们就没办法让舅舅坐轿子了，因为舅舅太重了。

"哈哈，我才不会被你们夹住脚呢，"舅舅笑着说，"我跳起来可当心啦。"突然，舅舅笑不出来了，他的脚被牢牢地夹住啦。

我们都跳起来欢呼，若琳他们把竹竿都扔到一边儿去了。

我们乐够了，拿起竹竿，想让舅舅尝尝坐轿子的滋味，可是舅舅连个人影儿也找不到了。他早溜了。

我们正在东找西找找我舅舅的时候，外公回来了。

勇盛马上盯上了外公，我们全都跟了上去。

"嗯？"外公回头说，"你们怎么一直跟着我，有事么？"

"我，"勇盛说，"我想——"

"勇盛想参加表演队，"我大声地替勇盛说了。

"想参加，"外公说，"好啊。"然后外公问勇盛："你会表演什么？"

勇盛一时说不出来。

"外公，"我说，"让勇盛也参加吧。"我多么想勇盛可以和我们一起去表演啊。

"我有绝活的，"勇盛说，"我竹竿舞跳得好。"

"我也会。"苏阳也说。我们都说会，外公就让我们试试。我们就跳起来啦。

我们跳的时候外公给我们拍竹竿，跳完了，外公说："好，这个节目好。欢迎你们，孩子们。你们全都可以加入表演队。"

我们都冲上去抱住了外公，外公被我们围得都不好动了。

天下第一汤

　　那时候，每到假日里，爸爸和舅舅总要在一起聚一聚，这他们除了喝酒就是谈三海经，再就是下象棋，所以他们还没喝完酒的时候我就会替他们摆好棋。我喜欢下棋，这一点令舅舅非常满意，他和别人下棋的时候，总要把我叫在边上。

　　"下象棋要多看、多想，"舅舅一边在桌边坐下，一边对我说，"还要多练。"

　　我点点头，安安静静地站在一边。

　　红黑双方兵马炮车相士将蓄势待发，爸爸和舅舅各自己经入坐。爸爸执红棋，舅舅执黑棋。开战了。

　　"慢着。"舅舅说，他说他愿意让爸爸一只马。

　　爸爸听了很不高兴，说他让舅舅一只马还差不多。

　　两个人还没开战就争吵了一下。我看看爸爸，真想对爸爸说，舅舅可是本乡有名的象棋高手，还破过人家的残局呢。还是别说了，爸爸会不高兴的。说不定爸爸还真有两下子呢。看着就是啦。

　　开局，爸爸先手。

"跳马。"爸爸说。

老土啦，我真替爸爸担心，我猜到爸爸的心思，他想把自己的兵一个个保护起来，他下棋老喜欢这么走。

舅舅笑嘻嘻地走了一个棋。

"出车！"爸爸说。

噢，爸爸！

我真想帮着爸爸出棋，但是舅舅说过："观棋不语真君子。"我忍住了。

舅舅又不紧不慢地走了一步。

爸爸惊叫了一下，顿了很长时间。

"架炮！"爸爸喊道。

唉，这回肯定看爸爸的笑话了，兵不冲锋陷阵还当什么兵？瞧他把自己的兵保护得——唉，真是爱莫能助……

舅舅很随意地捡起一个棋子朝爸爸面前轻轻一放。爸爸跳了起来，连连拍自己脑袋——爸爸输了。

"怎么样？"舅舅对爸爸说，依旧笑嘻嘻的样子。

"再来。"爸爸说。

"喝茶。"舅舅对爸爸说。我很快地替他们重新摆好了棋。

"让你车、马、炮，"舅舅笑嘻嘻地问爸爸，"怎么样？"

"车、马，"爸爸喊道，有点不好意思，又说："炮就不要让了。"

"随便。"舅舅笑嘻嘻地说.

"跳马。"爸爸喊道。

我差点笑了出来，我真想对爸爸说：你怎么总是老一套呢？这样很容易让对手摸清你的棋路，对自己会非常不利。

舅舅还是那样，不紧不慢地摆了一个棋子，可是这一着还是让爸爸琢磨了很长时间，好不容易举起的一个棋子摆来摆去却决定不下来。

"挺车。"最后，爸爸摆下棋子，说了一句。

舅舅飞快地在爸爸面前摆了一个棋子，爸爸愣住了，抢过刚才摆下了的车，说："下错了下错了。"然后舅舅把刚才下的那个棋子摆回到原来的地方。

舅舅允许爸爸重新摆那个车，爸爸一定感到非常难为情，他的脸涨得那么红，我也很替爸爸觉得难为情。

爸爸还是没有决心摆下那个车，这盘棋好像进入了僵局。

想了很长时间，爸爸终于摆下了那个棋子。

我看到舅舅笑着点了一下头，舅舅摆下一棋，同时把爸爸的那个车从棋盘上拿掉了，爸爸盯着棋盘直挠头。

"不用下了，"舅舅说，"你哪一步都走不成了。"

"再来一盘，"爸爸笑着说，"就一盘。"

舅舅重新坐下去。

"喝茶。"舅舅对爸爸说。我飞快地把棋盘摆好。

"我说，"爸爸不解地问舅舅，"你怎么能把局布得那么好？"

"有时候，也不要把局部的失利看得太重，"舅舅说，"你就是顾虑太多，所以一直举棋不定，这一点需要改的。"

"和人下棋真的可以看出一个人到底是怎么样的，"爸爸说，"在你面前，唉——自愧不如啊。"爸爸笑着直摇头。

"怎么，"舅舅笑着问，"你觉得我到底是怎样的？"

爸爸和舅舅都大声地笑起来。

我得承认，我对舅舅，非常非常着迷，我喜欢看他下棋时的样子，不急不躁的，那样子很酷很酷，酷极了！

妈妈和舅妈在院子里逗着亚弟说话，不时传来亚弟可爱的笑声，小狗雪球和小猫咖啡安静地绕着亚弟玩耍，外婆在厨房准备晚饭，暖暖的阳光在窗外静静地照耀着，每个人的脸上都带着笑意，就连爸爸脸上也笑吟吟的。看来他并没有把输赢看得很重，他并不在意自己刚才输得那么惨。

那一年，我不记得是我几岁那年了，那是又一个小麦收割的季节，舅舅说他要抓紧收割。舅舅一开动收割机家里就开始忙起来，舅舅请了他的朋友们来帮忙。丁叔叔、苏叔叔、谢叔叔和罗叔叔等，都是舅舅最好的朋友。舅舅轰隆隆开着收割机收割，叔叔们负责把舅舅倒在大油布上的麦子装袋并运到卡车上。我和苏阳、勇盛还有正男哥哥也跟着叔叔们到田野上忙。其实也就是玩。我们在大油布上滚来滚去，觉得好玩极了。

"你们，"丁叔叔招呼我们，"帮我们张开口袋。"

我们就都跑去张口袋，叔叔们一铲一铲地把麦子装进我们张开的袋子里。后来外公也来装袋了。

丁叔叔力气大极了，一袋麦子往肩上一扛就跑。苏叔叔负责在卡车上接应，他接过丁叔叔肩上的袋子一袋一袋地排好。

"小子，"舅舅对着丁叔叔叫喊，"谁叫你一个人扛？两个人抬吧，别给我逞能。"

丁叔叔不听舅舅的，还是扛着袋子跑。

"你再这么干，"舅舅说，"小心我关了机器揍你。信不信，你？"

"信信信。"丁叔叔投降了。

舅舅命令他们两个两个用扁担抬，舅舅说这样才不会太累。

然后丁叔叔和谢叔叔两个人一袋一袋抬。

"太慢了，这。"丁叔叔说，然后他们决定两袋两袋抬。

我看到他们把扁担都压弯了，我真担心扁担会突然断了。他们的上衣全湿了。丁叔叔脸上淌满了汗，他用搭在肩上的毛巾一擦，整个脸全红了。

我们跑来跑去张开袋子也很累，我们就两个两个轮流休息，我和勇盛干活时苏阳和正男哥哥就跑到河边树荫下休息。有时候我们怕热，刚一干活就想着去休息，叔叔们就喊着我们干活，然后我们只能接着干。

"我们抗议，他们休息这么长时间，我们也要休息这么长时间。"我和勇盛一边干活一边喊，"我们抗议。"

抗议有效，舅舅命令他们两个来换我们。

我们就这样闹来闹去，一会儿我们抗议，一会儿他们抗议，好玩极了。

终于不用喊抗议了，因为天快黑了，大人们要收工了。大人们收工的时候我们已经跑得无影无踪了。

晚饭照例要喝酒，舅舅准备了好酒。

舅舅举起酒杯一个一个敬他的朋友，舅舅敬一个就跟他握一下手，敬一个就跟他握一下手，他们的手握在一起时是那么地有力，可以想象他们的友谊是多么地深。

然后舅舅说，他今天要露一手，做一道特别好吃的菜。

"什么菜啊？"

大家问。

"天下第一汤。"舅舅笑嘻嘻地说。

"这不会是乾隆皇帝吃过的那道名菜吧？"苏叔叔说。"我记得乾隆皇帝是吃过的那道名菜的。"

"有这个菜么？"谢叔叔说，"我怎么就没听说过呢？"

"都是瞎胡闹，"丁叔叔说，"只不过一锅汤而已。"

"舅舅，那是一锅什么样的汤呢？"我问。"保密。"舅舅对我说。

"喝酒。"舅舅又站起来向大家敬酒。

舅舅和他的朋友们喝着酒，好像忘记了天下第一汤的事了。而我们都在等着喝天下第一汤呢。

我就去和舅舅咬耳朵。舅舅小声地跟我说话，他让我叫外婆先烧一点锅底饭。

"有点烧焦的那种饭？"我太奇怪了，烧焦的饭有什么好吃的，我才不要吃烧焦的饭呢。

"不要太焦。等会儿有用……"舅舅神秘地对我说。我和舅舅咬耳朵的时候正男哥哥他们都过来偷听，舅舅就讲得越来越小声，害得我有些话没听到。

我把舅舅的话传达给了外婆。

外婆很不明白舅舅要锅底饭干什么。"不是说汤么？"外婆说，"怎么会变成烧锅底饭？"

舅妈也不明白，现在谁还要吃锅底饭。

"舅舅叫烧，那就烧吧。"我对外婆说。

"真搞不明白，锅底饭和汤有什么关系？"外婆一边嘀咕，一边为舅舅准备锅底饭。

酒快喝完的时候，舅舅才进厨房。我们急忙跟进去。

"现在由我来做一锅汤，"舅舅说，"天下第一汤。"我们都想看看他怎么做"天下第一汤"，舅舅让我们都呆一边儿去。

"帮一下忙，行么？"舅舅问舅妈。舅妈说帮什么忙。

"把一个空汤盆放到桌上去。"舅舅说。

"放一个空汤盆？"舅妈有些不明白。舅妈去放空汤盆的时候我赶紧去坐好，我猜想舅舅就快把汤拿出来了。

我们都伸长脖子等着舅舅的天下第一汤。

舅妈拿着一张锅底饭出来了，我们都大笑起来，舅妈把锅底饭放在空汤盆中，我们笑得更大声了。

"天下第一汤来喽！"舅舅端着一锅热气腾腾的汤出来啦，"让开让开，我要倒啦，快让开，不要把脖子伸那么长。"

我们都离得远一些看着，舅舅把汤倒在锅底饭上面，一股很浓很浓的香味马上飘散开来……啊真是太香太香了！什么香味？什么香味都有：饭香、鱼香、肉香……真不愧是天下第一汤啊！

啊舅舅，原来你是当真的！我望着舅舅想，我们还以为你会糊弄我们呢。

唉，那是我吃过的最好吃的汤了。

漂流

农忙终于结束了，小麦已经收割完，油菜籽已经变成菜油，水稻秧苗已经插完，外公外婆都说可以喘口气了，可是舅舅拿了铁锹想要出去。

"你干什么去？"外婆对舅舅说，"喘口气儿吧。"

"不急，妈妈，"舅舅说，"今天我要请全家人喝功夫茶。"

"什么功夫茶，"外婆说，"要喝茶我来泡。"

"妈妈，你喝了就知道了，"舅舅说，"我得先去把雪水挖出来。"

"雪水？"我和正男哥哥听到这个，都非常奇怪，我问，"舅舅，夏天到哪里去弄雪水呢。"

"去年冬天的时候，我就把雪收起来，装在罐子里了，"舅舅说，"现在早该化成雪水啦。"

我和正男哥哥都要跟着去，舅妈也要去，然后外公外婆都去了。

舅舅把上面的一层土挖开，再往下面挖，下面还是土。

"怎么还没见到罐子呢？"外公说，"会不会挖错了地方？"

舅舅停了下来，说："没错儿，是这儿。上面有块木板盖住的。"舅舅继续挖。

"木板，"我和正男哥哥叫起来，"我们看到了木板。"然后舅舅就开始小心地、慢慢地挖。

舅舅把木板边上的土挖开，然后把木板去掉，一个罐子就显露出来。舅舅把罐子提了上来，我们都围上去看，外婆说："我们拿回家去看。"

"我们现在就要看。"我们说。

然后舅舅小心地打开盖子，里面是清亮亮的雪水，我和正男哥哥都拍起手来。

"雪水是一种软水，"舅舅说，"用雪水泡茶最好了。"

"就是太麻烦了。"外公说。

一家人开开心心地把雪水抬回家里去。

舅舅请全家人都坐下，说今天他要好好孝敬孝敬外公外婆。我们都坐在那儿笑。

舅舅把雪水准备好，再把炭火燃起来。

"要等一会儿，"舅舅说，"这叫候水。"我们都笑了起来。

"水开了。"我和正男哥哥同时叫起来。

"别急。"舅舅说。

舅舅用一个小夹子把茶壶盖揭开，然后拿了茶叶向茶壶里的各个地方撒了一点。

"又开了。"我们又叫起来。

"别急，"舅舅说，"得让它冒鱼眼。"我们笑了起来。

"这不是水冒泡吗？呵呵。"外公说着也笑了，他喝了一大口自己茶杯中的茶。

"小心，我要淋杯了，"舅舅说，"会烫到的。"然后我们都让开。

茶壶里的水煮得都在往外流，舅舅想去拿茶壶，试了几次都没成功。"太烫了，"舅舅甩着手，说，"烫得要命。"舅妈赶快拿了毛巾给舅舅。

"不能拿毛巾的，"舅舅说，"我再试试。"

舅舅这回拿起茶壶就急急地往各个小杯中倒，另一只手拿起小夹子把小杯中的水倒掉。

"这，这不是浪费吗？"外公叫起来，"怎么把茶水倒了？"我们也觉得很奇怪。平时还真没见过舅舅这样喝过茶，也许喝过，和他的那些小弟兄。

"我要洒茶了，"舅舅说，"大家看着。"我们看到的是舅舅把好些水都洒到了小杯外面。

"我要敬茶了。"舅舅说，我们都挺直了腰板。

"爸爸，"舅舅站起来，一手端着小小的茶杯，一手托在茶杯下面，说，"辛苦了一年，喝杯茶吧！"

外公笑着接过茶杯。

"先闻一下。"舅舅说。

外公笑着闻了一下。

"尝一口。"舅舅说。

"太烫了。"外公尝了一口说，便顺手把剩下的茶水往自己的大茶杯中一倒。

"爸爸！"舅舅大叫起来，我们都大笑起来。

"重来！"舅舅说。

舅舅拿起另一杯敬外公，舅舅说："三口喝完。"

"就是三口把它喝完？"外公说，"成。"

"喝出味道来？"舅舅问。

"香！"外公说，"很好喝。"

然后舅舅端起另一杯茶敬外婆。

"妈妈，辛苦了，"舅舅说，"喝杯茶吧！"

外婆笑眯眯地喝完了茶，只不过她没有三口饮完，而是一小口一小口地喝了好几口。

然后舅舅说要敬舅妈，舅妈笑着要去接茶杯，舅舅没给她，舅妈有点不高兴了。

"我怎么样给你茶杯，"舅舅笑着对舅妈说，"你也得怎么样接茶杯。"

舅妈明白啦，红了脸接过舅舅手里的茶杯。唉，这里面有手法的。我看出来了。

然后舅舅也请我和正男哥哥以及亚弟喝了茶，我们喝了一杯还要喝，舅舅说，因为这是功夫茶，所以还要等一下的。

外公说："嗨，什么功夫茶，把时间都搭进去了。"

唉，这样的时光什么时候才能再来呢？

后来炎炎的夏日就来了。夏天，舅舅农田里的活少了很多，他说他觉得自己太空闲了，舅妈建议他去旅游。

"要旅游的话，我就去玩漂流，"舅舅说，"到长江上去玩漂流。"

"太远了吧，"舅妈说，"你真想玩漂流的话在我们自己小河里就可以呀。"

"哈哈，这真是个好主意，"舅舅说，"看来我的竹筏又可以派上用场啦。"

"秀，去屋里把舅舅的手机拿来。"舅舅躺在树荫下的一个吊床上说，这个吊床还是我和正男哥哥一起给舅舅做的呢，因为是用外公的帆布做的。说到帆布就会想到外公的一个老朋友，为什么呢？因为外公带我们去阳澄湖东岸去看过他的朋友，那次，外公就是在他的小船上升起了帆过湖去的。阳澄湖碧波万顷，外公选了一段两岸稍近的湖面出发的。当然这块做吊床的帆布不是那个帆，那个帆不用的时候，外公就把它卷起来放好的。

舅舅要给人打电话了。

"喂，老兄，"舅舅说，"过来一下。"

"不是干活，"舅舅又说，"是陪我去漂流，漂流懂吗？漂流。"

"不热的，小河两边都是树荫呢，"舅舅把手机换个耳朵听，他说，"你开着空调是吗？关了，低碳一点好不好？"

"下棋？陪你？"舅舅说，"好吧好吧，尽提要求，下棋就下棋，快来吧，我等不及了。"

舅舅叫我准备好象棋，说苏阳的爸爸要来，我拿了一副普通的象棋，舅舅说我真聪明。那副最好的象棋我才舍不得拿出去呢。

舅舅把勇盛的爸爸丁叔叔也请到了。

小茶几，小竹椅，全都搬上了竹筏。

我因为要替舅舅摆棋盘，所以也要一同去漂流。

小河上的风最凉爽了，比呆在家里吹空调舒服多了，而且两岸还有那么浓绿的树荫，我们的竹筏躲在树荫下往前漂，好玩极了。风把我前额的头发都吹起来了，我觉得特别舒服，舅舅也和我一样把脸对着风，让风吹到头发里去，真的好舒服。苏阳的爸爸苏叔叔把戴在头上的太阳帽也拿了，因为他站着的时候从两边伸展出来的树枝老要刮掉他的帽子。

丁叔叔拿上竹竿负责漂流的事，苏叔叔和舅舅下棋。我已经又快又好地替他们摆好了棋盘。

舅舅不紧不慢地和苏叔叔下着棋。

好像下了很久了，因为他们漂过了一整条小河。

"你不要一心二用好不好。"苏叔叔虽然这样说，但是他还在举着棋子不知道放在哪儿呢。

"我认真着呢，"舅舅笑嘻嘻地说，"我说，你也太慢了点吧。"

"这能怪我吗，"苏叔叔说，"你又是不知道，我才学会不久呢。"

"秀，"舅舅叫我，说，"替舅舅下。"

"你开玩笑，是不是？"苏叔叔有点不高兴的样子。

"如果，我说如果，如果你赢了她，我陪你下10盘，"舅舅盯着苏叔叔说，"10盘。"

可能是为了这10盘，苏叔叔就同意和我下棋了。

挺兵，跳马，架炮，飞马，跳车，我一招一招地使出来，惊得苏叔叔一愣一愣的，他开始正眼看我了。

丁叔叔也会探头看一下我们下棋，问题正好出在这儿，树枝把丁叔叔刮了一下，幸亏丁叔叔一把吊住了树枝，要不然他就掉河里去了。竹筏才不懂得等等丁叔叔呢，他丢下了丁叔叔一路朝着前方漂走了。丁叔叔吊在树枝上等着我们回去救他。舅舅很快把竹筏弄了回去，然后把丁叔叔从树上救下来。

忽然，不知从哪儿吹来一阵风，把棋盘都吹飞了，还好我扑上去抢住了棋盘，那些棋子散落在小茶几下面的竹筏上，有的嵌在了竹筏缝里，我们都一一把它们找了出来。

32颗棋子，一颗也不多，一颗也不少，我赶快把它们装进了棋盒。

丁叔叔和苏叔叔都说要往回漂了，可是舅舅还靠在小竹椅上闭目养神。

"舅舅。"我叫了一下舅舅。

"我醒着呢。"舅舅仍旧闭着眼睛说。

"我们在回去呢。"我对舅舅说。

"没事。"舅舅坐在那儿，笑着，说："我倒要看看他们两个谁的本领大。"

因为回去的时候不是顺水，所以要让竹筏往回漂就有点难了，苏叔叔手里的竹竿虽然点得很忙，但是竹筏还是在两边岸上撞来撞去，丁叔叔就说苏叔叔没用，连这点小事情都搞不定，苏叔叔就拿刚才丁叔叔吊在树上的事情笑话他。我和舅舅一样，笑着看他们吵来吵去。

最后，舅舅站起来，说："看我的。"他接过竹竿，很随便地在水里点来点去，我们一眨眼就快回到家啦！舅舅就是舅舅，有本事嘛！

就在竹筏快到岸边时，叔叔们突然想把舅舅抱起来，舅舅站得牢牢的，他们怎么也没有办法把舅舅扔到河里去。是的，我看出来了，他们就是想把舅舅抱起来扔到河里去。他们以前干过这个。

舅舅，你犯规了

那天不知为什么，舅舅特别高兴，他喝了一点酒话特别多。本来嘛，天这么热，我们开着电扇吃饭，可是舅舅他偏要低碳一点，他说他追求低碳生活。他问大家有没有意见，我和正男哥哥说："低碳就低碳，有什么了不起的。"

外婆笑着说舅舅有点不正常。

舅舅正喝着一口酒，听到外婆说他不正常差点呛到，舅舅傻傻地笑着，然后问我："秀，你说说舅舅今天正常还是不正常？"

"很正常啊。"我大声回答。

"就是，"舅舅很满意，对我说，"来，跟舅舅干杯。"

"干杯。"我大声说，然后和舅舅碰了一下杯。我看到舅舅好像很热的样子，有几滴汗水快流到脖子里了，我赶紧跑去拿了扇子为舅舅扇风。

"秀，"舅妈对我说，"不要给这个'低碳'去扇风。"

"哈哈，"我说，"舅舅有了一个绰号叫'低碳'。"

"我很喜欢这个绰号，"舅舅说，"你们都叫我'低碳'好了。"

我吃几口饭就要跑去为舅舅扇风，然后我自己也变得非常热。

"秀，"舅妈说，"你自己都已经满身是汗了，还去替这个'低碳'

扇风，你们快变成两个'低碳'了。"

"啊舅舅，"我说，"我们是两个'低碳'了。"

"我们低碳总比他们高碳好，"舅舅说，"秀，你说是不是？"

我说是，我很喜欢'低碳'这个绰号，很时尚。我想，要是我的朋友们知道我有这样一个绰号，他们不知要多羡慕呢。

外婆把蔬菜端上桌，舅舅一看，就笑着对外婆说："低碳，很好。"舅舅说蔬菜最低碳了，从小长到大只需要消耗很少的能源。

"蔬菜是一级低碳，"舅舅对我们说，"你们都要像我一样追求低碳生活。"

然后外婆端上来一盆鱼，舅舅就说鱼是二级低碳。

"舅舅，"我问，"为什么鱼是二级低碳？"

"因为养鱼要消耗的能源比种蔬菜大一些。"舅舅说。

后来外婆又在端菜上来了，我和正男哥哥探头一看是一盆肉，我们就说："三级低碳。"

外婆听了，笑得差点连碗都拿不住了。

舅妈笑话舅舅，说："傻样，什么都不吃才最低碳呢。"

"那不成神仙了？"舅舅说。

"神仙是超级低碳。对不对，舅舅？"我一边说一边用力替舅舅扇风。

"秀，"舅舅对我说，"从明天开始，你每天替舅舅把喝过的茶叶收集起来晒干。"

"舅舅，"我问，"晒干的茶叶还泡茶吗？"

"秀，"舅舅说，"舅舅这样做的话那就太低碳了，太低碳了会没味道了，是不是？我是要用晒干的茶叶做一个绿色环保的枕头给你外婆。"

"茶叶枕头？"我说，"做茶叶枕头也是低碳吗？"

"废物利用也是低碳，"舅舅对我们说，"记着，只要能减少碳排放的都是低碳。"

"这样的话，爸爸，"正男哥哥说，"低碳的事情多着呢。"

"是么？"舅舅喝了一口茶，笑嘻嘻地说，"我倒要听你们说说看。"

"少吃零食也是低碳，"正男哥哥说，"因为在零食制作过程中会有很多碳排出。"

"说的很好，"舅舅说，"你们记着，少吃零食。"

"洗手的时候水龙头开小一点。"我说。

"少用一次性筷子和饭盒。"正男哥哥说。

舅舅对我们的回答很满意，后来他又加了一句："关键是你们能不能做到。"

后来，"低碳"成了舅舅的口头禅，也成了我们的口头禅。

当田野上呈现出一片初冬景象时，舅舅就不那么忙了。打谷场上空荡荡的，乌鸦在田野上唱歌，小麻雀在场地周围飞来飞去觅食。舅舅的拖拉机已经上好油做好了保养，收割机擦得干干净净，外婆已经把农具一件件归在一起。外公在田野上到处看看。舅舅一下子没事做了，看上去很无聊，他把手插在裤袋里，一会儿看看拖拉机，一会儿看看收割机，一会儿又去赶赶麻雀，我和正男哥哥跟在舅舅屁股后面走来走去。

舅舅停下来，问正男哥哥："有弹珠吗？"

"弹珠？"正男哥哥说，"有，爸爸，我有弹珠。"正男哥哥说着连忙把裤袋里的弹珠掏出来。

"我们玩一会儿吗，爸爸？"正男哥哥问，要在平时，就算正男哥哥缠着舅舅，舅舅也不一定有时间跟他玩呢。

"玩。"舅舅很高兴地说。

正男哥哥交给舅舅一颗弹珠。"这是借给你的，"他说，"到时要还我的。"

"还要还啊？"舅舅叫起来。

"当然要还呀，我们都这样的。"正男哥哥很认真地说。

"那我不要借了。"舅舅说。他想把弹珠还给正男哥哥。

正男哥哥迟疑了一下说："那就不要还了。"

"这还差不多。"舅舅笑嘻嘻地说。他蹲下去试了下，还行。看得出来，他小时候玩过，而且看上去动作很老练。小时候他一定没少玩过这个。

舅舅的一颗弹珠一会儿就被正男哥哥赢走了，正男哥哥只得再借给他一颗。舅舅很快又输了。他们又玩了一会儿，然后正男哥哥回去写作业了。

这时苏叔叔和丁叔叔、谢叔叔他们来了。他们在一起聊了聊，又相互打闹了一阵，然后准备在打谷场上打羽毛球。

舅舅和他的朋友们都脱掉了外套。看来，他们这回要来真的了。呵，舅舅，他快活起来了。

"得有个裁判。"舅舅对他的朋友们说。

"秀，"舅舅叫我，"你来做裁判。"

"我不会。"我说。再说灰熊来了，我还要跟灰熊玩呢。

灰熊——它不是真正的熊，是一条小狗的名字，有点酷是不是？可是它长得跟熊一样壮，一样神气，不叫它熊那叫它什么呢？只能叫它熊，而且它灰灰的，就应该叫灰熊。

灰熊是舅舅家新养的一条小狗，是在雪球走丢后新养的。

"没关系的，秀，"舅舅笑着，说，"到时舅舅会教你的。"

舅舅和苏叔叔先拿到了球拍，所以他们要先来。

"哎哎哎，"孙叔叔叫嚷着，"凭什么你们两个先？"

"我是第一个到的，"苏叔叔说，"就应该先。"

"我是东道主，"舅舅笑着，说，"有优先权。"

孙叔叔没话说啦。

好吧，舅舅和苏叔叔先打。

舅舅和苏叔叔真是好搭档，他们打来打去就是不能把对方打下去。我发现舅舅很喜欢犯规，苏叔叔打过来的一个球掉在了地上，他球拍一晃，把球刮了起来，然后又把球打了回去。我急忙叫停，对舅舅说："舅舅，你犯规了。"

"哪有啊，秀，"舅舅走到我面前，笑着，然后小声地跟我说，"苏叔叔视力不太好，他看不出来。"

"球赛继续！"舅舅替我喊道。

我没话说啦，舅舅！

后来，舅舅终于把苏叔叔打下去了，换上了丁叔叔。

丁叔叔人高马大，喜欢打高球，也喜欢接高球，可是舅舅偏偏跟他打低球。丁叔叔喊停，大家都不知道他要干什么。

"打高球，"丁叔叔用球拍指着舅舅，说，"记住，高球。"

可是舅舅还是打了一个低球。丁叔叔没几下就输了。

然后谢叔叔和舅舅打，打来打去，谢叔叔也没法把舅舅打下去。

舅舅一直坐庄，因为他厉害嘛！但是他犯规也挺厉害的，我叫停了几次，舅舅都不肯听我的。他还跟我咬耳朵，说："我是你亲舅舅，你要帮我。"我真有点为难了，我觉得当裁判也挺难的。

"你们在密谋什么？"一直在一边跳来跳去的孙叔叔问我和舅舅，他好像已经在怀疑我们了。我红着脸不知道说什么好。

"秀，对你舅舅判得严厉一点，"孙叔叔对我说，"再也不能让他犯规了。"

我对叔叔们点点头，眼睛紧紧地盯着舅舅，我想这回我要做个好裁判了，舅舅一有犯规，我就叫停。

谢叔叔打球不紧不慢的，舅舅最喜欢这种打法了，一个球在两边飞来飞去了好几个回合也不见掉下来。

我突然叫停了。舅舅和叔叔们都愣了一下。

"嗨，我没有犯规。"舅舅朝我喊道。

"我也没有犯规。"谢叔叔也朝我喊。

我一时不知道说什么好，本来我想让舅舅下去，好让一直在边上跳来跳去的孙叔叔打几下，现在看起来不行，舅舅不会愿意的，谢叔叔也不会愿意的。

"继续继续！"舅舅嚷嚷着，叫谢叔叔准备接球。

然后舅舅和谢叔叔又打了很长时间，他们两个真的都很厉害。

孙叔叔好像生气了，他再也不想等了，嚷嚷起来："等了这么长时间，我连球拍还没摸到呢！"

孙叔叔想把舅舅的球拍抢下来，舅舅就和他扭打起来。舅舅今天好像人缘不佳，他的朋友们都联合起来对付他，他们把舅舅追来追去一直追到墙角，舅舅举起双手，再也无路可逃，只能乖乖交出了球拍……噢，舅舅！

看庙会

那是春节，春节里，舅舅总是喜欢把自己穿得帅一点，他喜欢年轻的女人们朝他看，老实说，舅舅真的很帅的，穿上那件方格外套那就更帅了。

那天舅舅带我到镇上去，我们参加了一个抽奖活动，我们得到了一个幸运星的奖，一个阿姨还将一颗幸运星的贴纸贴在了我的额上。她摸着我的头，说："你得了幸运星的奖，可以要求你爸爸至少满足你两个要求。"

"我没有要求，阿姨，"我告诉她，"他不是我爸爸，是我舅舅。"

"噢，是你舅舅，"那位阿姨看了一眼舅舅，对我说，"你舅舅真帅。"

"是因为他穿了方格衣服吗，阿姨？"我问。

"也许是吧。"阿姨笑着说。

"秀，我带你去吃点东西，"舅舅说，"然后我们去看庙会，怎么样？"

这两样我都喜欢。

"吃什么？"舅舅问我。

"豆腐花。"我说。

我们向美食街走去，这是街边小摊。我们找了一个小桌坐下。除了豆腐花，我们还每人要了一盘葱花饼。我吃得很慢，舅舅耐心地等我吃完，然后舅舅说："走，我们看庙会去。"

庙会上热闹极了，我跑来跑去看舞龙灯和舞狮子，又去看划龙舟，是在旱地上表演的那种龙舟，啊那边还有腰鼓队在打鼓，还有挑花灯，啊看那，还有抬神仙……看着看着，我突然发现找不到舅舅了，我吓坏了，到处找穿方格子衣服的舅舅。就在我害怕的时候，我忽然看见人群中有一个穿方格衣服的人，那个人正是我的舅舅。他也在奔来奔去找我。我大声喊舅舅，舅舅一听到喊声立刻向我挤过来。那一次我哭了，舅舅也是急坏了。那一次幸亏舅舅穿了那件方格子衣服，我才在人群中一眼就认出了他。

那年春天的时候，外婆说有一块坡地，如果种上果树，可以变成一个不错的果园。我们听了眼睛都发亮了。

"你们说说，"舅舅笑嘻嘻地说，"种些什么树？"

我们就七嘴八舌地说了一通，舅舅说："好，我马上去买，每个人的要求都达到。"

我们高兴极了，纷纷要跟着舅舅去买果树。灰熊看见我们欢天喜地的样子就也欢天喜地起来，在舅舅身边跳来跳去的，舅舅就问它："灰熊，看你这么开心，你不会也想种一棵吧。"灰熊看见舅舅跟他说话，就停止蹦跳，瞪着眼睛好奇地看着舅舅。舅舅对我们说："你们不要去了，在家里挖好坑，舅舅买回来就种。"

"好吧。"

我们垂头丧气地说。

不过坡地上真好玩，我和正男哥哥绕着坡地跑了好几圈，然后才回到外公和外婆干活的地方。外婆让我们去把基肥抬来。外婆所说的基肥实际上是晒干的鸡粪，我们两个一起把鸡粪抬到了坡地上。

外婆让我们用长柄粪勺把鸡粪撒在外公挖好的坑里，我们的眉头都皱紧了。

"怎么了？"外公问。

我们捏着鼻子笑。

"我跟你们打个赌怎么样？"外公笑着说，"如果你们闻得到一点点臭味，今天就不用你们干活。"

然后我们就在筐里使劲闻，闻来闻去真的没有闻到一点臭的味道，我们原来以为鸡粪会很臭。

"早让太阳晒香啦，"外公笑着对我们说，"这是天然的好肥料，用这种肥料种果树，结出来的果子会特别甜。"

然后我们争着往坑里撒鸡粪。这个活一会儿就干完了。

我们坐在坡地上一边休息一边等着舅舅买树苗回来。我们远远地望见舅舅的车开回来的时候都跑了上去。舅舅把树苗从车上搬下来，我们每个人都抢着去认自己要种的树苗。连外公也翻来翻去找他要的柿子树呢。

可是我找来找去不知道我的苹果树苗在哪儿，我都急得流眼泪了，外婆让舅舅到车上再去找找，可是车上也没有，我真哭了。

一会儿正男哥哥叫起来，说苹果树和他的梨树在一块儿。听到这个我才笑了起来。后来我帮灰熊也种了一棵苹果树，我和灰熊的苹果树并排种在一起。

那时我们那里有一种习俗，这个习俗倒是到现在还有，那就是外甥，或是外甥女上学读书，舅舅是要给买书包的。妈妈说因为我快要上一年级了，所以舅舅要留我吃饭，还说舅舅已经给我买了书包。

那天爸爸开着那辆小卡车带我们去舅舅家吃饭。

我们老远就看到舅舅他们一家人站在院子外面伸长脖子等我们了。我们一到，舅妈就拉着妈妈站在那儿说话，她们两个说说笑笑的，看样子这回又说不完的话了。我们几个小孩呢，早跑进了屋子，正男哥哥从房间里抱出一个很新很新的书包给我看，说是要送给我的。从来没有过这种激动人心的感觉，我感觉自己的心都快要跳出来了，我都不敢摸这个新书包了，我不能确定这个书包里是不是装了些什么，我好想马上就知道啊。

大人们进来的时候我们早已经把书包里的东西都掏出来啦，是写字本和铅笔盒，打开铅笔盒，里面是新崭崭的飘着木香的铅笔，还有一块白白的方方的橡皮。哈哈，每一样东西都是那么新，那么香，我拿拿这个又拿拿那个，一样都不舍得放下，舅舅他们看见都笑了。

爸爸和舅舅他们要喝酒了，我们只好把东西收起来。我们几个坐了一会儿就再也坐不住啦，正男哥哥问我要不要看他的兔子，他说他新养了兔子。我说好的，我们就去看兔子。

好可爱的灰兔子！我喜欢极了，它们关在笼子里，我好想看清楚它们长什么样，我就跪在地上看它们，它们也瞪着红红的眼睛看我，我真想伸手摸摸它们啊。"它们叫什么名字？"我问。

"这只叫皮皮，那只叫灰灰。"正男哥哥蹲在一边指给我看，亚弟趴在地上朝笼子里看。

一会儿亚弟抓了草说要喂兔子，正男哥哥让他从缝里边塞进去，我也拿来草喂它们，它们都吃起来啦，真有趣。

我最喜欢皮皮，它吃草的时候会发出声音，沙沙沙，沙沙沙，它吃得很开心。

"我想摸摸它们。"我对正男哥哥说。

正男哥哥打开了一点点笼子的小门，我还没伸出手，笼子里的两个家伙突然窜了出来，还没我们眨眼的功夫就逃得无影无踪……一时间我们都傻了，望着空空的笼子不知道该怎么办，然后亚弟就哭了起来，我也哭了。一会儿大人们都知道发生了什么事情，他们叫我们别哭，说逃了就逃了。舅舅说："早跟你们讲过了，野兔它就是野兔，它喜欢在外面跑，本来就不能关起来养的。"见我们还哭，舅舅就蹲下来刮了我们的鼻子，说："如果我把你们整天关在笼子里，你们开心吗？"听了这话，我和亚弟都笑啦，可眼泪还在眼眶里打着转呢，然后舅舅和爸爸他们回去喝酒。

大人们一走，亚弟又哭了起来，我和正男哥哥只能对他说我们会找到兔子的。我们在菜园子里找来找去找了半天连灰兔的影子也没找到，这下亚弟哭得更凶了。大人们又跑了出来。

"它们肯定就躲在这个菜园子里。"外公说。他去拿来了网，说："你们把网拉开，守在这儿，我去把它们赶出来，它们会跑到网里的。"

"爸爸，"舅舅把外公拿来的网拿走，说，"你怎么什么都依他？"

"亚弟不是在哭吗？"外公说。

"哭也不能什么都依他。"舅舅说，然后舅舅就和爸爸回去喝酒。

等舅舅和爸爸他们一走，外公又把网拿来啦，他叫我们把网拉开。"嘘，"外公让我们安静，对我们说"守在这儿。"然后他到菜园子的另一头，拿着长长的竹竿去赶兔子。亚弟也跑来拉网。

赶了一遍，没有兔子跑出来，于是外公又赶了一遍，还是没有。

"真奇怪。"外公说，"怎么就没有呢。"我们放下网，站在那里发愣，就在这时，皮皮和灰灰跑了出来，跑得快极了，它们跳过我们扔在地上的网，一直朝田野跑去，我们别想能追上它们。

我们都愣了好一会儿，然后外公一声不响地去把网收好，我们都跑过去帮他。

"外公，"我看了一眼外公，外公好像有点不开心，我就对他说，"就让野兔到田野里去玩吧。"

"野兔子真是聪明啊，"外公摇着头笑着说，"人还不及它们。"听到这个，我们都笑了，原来外公在和野兔比谁聪明呢。

这时小狗灰熊跑来了，外婆跟在灰熊的后面来叫我们回去吃饭了，说再不吃，菜都要凉了。我们就开开心心回去吃饭啦。

吃完饭，我们又把书包里的东西全倒出来啦，亚弟抢掉了我几样东西，我真要哭出来啦，幸好舅舅看见了，用眼睛瞪了亚弟好几次，亚弟才乖乖把抢的东西交出来啦。"秀，我们快把东西装起来。"舅妈说，然后她帮着我把东西全装进了书包。我把书包背身上啦，这样谁也没办法把舅舅送我的东西拿走啦。

哎，每次想起小时候把舅舅买的新书包背在身上的情景眼睛里会湿湿的，心里总会泛起一层温暖的涟漪。

河岸边

那时候，大人们在田野里忙着的时候，我们就偷偷地跑到河边去玩，我们只能偷偷地去。

河岸边，灌木丛很茂密，到处杂乱地生长着。

高大的榕树枝繁叶茂，有的榕树大半棵朝河面倒映着，像要倒下去，可是过了很多年还是没有真的倒下去，这河岸真是牢固。

河面的风很清凉，一阵阵穿过榕树的枝枝蔓蔓，树叶们跳起舞来，发出沙沙沙的声音，枝条们也舒适地向外伸展开去，在河面上晃悠。

苍耳的种子还很小，绿绿的挂在枝头。到了成熟的季节，苍耳妈妈会毫不客气地要你把它的孩子们带走，带到一个能给它们快乐的地方。我发现，这真的很难拒绝，那些小苍耳，一不留神就会粘住你的裤腿，然后跟着你，到东到西，直到它们累了，才跳进泥土，"呼呼"睡大觉。

野刺槐坚硬的刺让人望而生畏，枝头的花穗又繁又密，一大穗一大穗，悠闲地垂挂下来，淡淡的紫色很吸引蝴蝶和小蜜蜂的眼球。

不经意中，会从树丛中"扑棱棱"飞出几只黑色的乌鸦。乌鸦是一种比较大胆的鸟，它们喜欢集体大餐。找一块空地，埋头挖着什么。

野蔷薇和枸杞的刺茎很容易划破我们的小手，我们会满不在乎地挤掉一点血，这样做能阻止细菌进入自己体内的血液，是一种有效的自我保护的好方法，我们从大人们那里学来的。

如果被大人们看见我们在河边玩了，他们就会把我们赶回村子里去。可是村子里有什么好玩的呢？很难找到玩伴。大伯家的斯斯表姐整天一个人看书，她从不跟比她小的人玩，她不要玩伴，从小就喜欢一个人呆着，再说也找不到和她同龄的人。阿明大哥哥很大了，根本不会和我们玩。还有一个小男子汉，才上幼儿园，跟他也玩不起来。幸好我还有个姐姐，她不会不愿意跟我玩的。

河边有许多瓦罐，我们也真的看到了，有的早成了碎片，被河水冲刷着；有的半个还埋在泥里，半个露在外面；还有的滚在水里，不知道里面有什么……我们听大人们说的，里面装着白骨……这个说法把我们震慑住了。谁不害怕鬼呢。但是我们又多么想搞清楚这一切。

高远的天空，成片的鱼塘，有鸭子嬉戏，有鱼鸥飞过，有灰兔在堤岸张望，黑狗在小屋站岗，小船静静地待在一边，暖暖的阳光洒满河面，微风拂过，水面溅起阳光细碎的笑声……这些，就是爸爸和爷爷生活的天地。

爸爸的鱼塘，有精养的，有混养的，也有育苗的，每次投喂饲料，都有严格规定，里面鱼的种类不同，投喂的饲料也不同，而我们是不大懂这些的。

每年一开春，鱼塘上就有许多活，爸爸大多数时间都在鱼塘上，对付这些活。我们时常要跑到鱼塘上去玩。爸爸特别喜欢我们去陪他，他虽然从没跟我们说过，但是我们知道。每当要动小船的时候，爸爸总会在岸边磨蹭一会儿，有时候是坐在船头抽支烟，有时候是坐在河岸上发一会儿呆，好像在说，唉，我是真不想上船干活啊。这时候，我们可明白啦，爸爸没劲啦，我们就向他跑去，爸爸就会站起来，扔了手上的烟，不管有没有抽完。

他是个喜欢热闹的人，但是干这一行必须忍受寂寞，没有那么多人陪他。小船上有过一支笛子，那是一支紫檀颜色的笛子，漆水很好，可惜被我在那时候劈成了两半。后来爸爸的船上又有过新的笛子，但是我没见他吹过。

在我心里，我一直暗暗想，有一天，我一定要学会吹笛，吹给爸爸听，吹给鱼儿听，吹得爸爸开心，吹得鱼儿开心。在姐姐去上学的日子里，我总是偷偷地拿了爸爸的新笛子，跑到没人的地方吹起来，可我怎么也学不会。这时候我多么想求爸爸教教我啊，但是，如果想给爸爸一个惊喜，就不能让他知道。

我跑到爸爸的笛友那儿去询问一些东西，怎么吸气，怎么把气放出来。罗伯伯以前一直要到爸爸鱼塘上来的，他们两个你吹一曲，我吹一曲，很得劲。有时候他们两个人一起吹，河面上笛音袅袅，蛮开心的，他们乐，我们也乐。但是这会耽误干活。水上的活儿即使整天做，一年做到头，也做不完的。

瞧着吧，如果，哪一天，奶奶不在家，家中的一切都会乱了套；如果，奶奶只是走开一会儿，我在屋里，爷爷转回来，一定问，秀秀，奶奶呢？爸爸转回来，也是这句。妈妈转回来，也准保是这句；如果，奶奶每天都在家，那就什么事儿也没有啦 ，家，这辆马车，一切正常。这就是奶奶的魅力。

奶奶好像总是一直在家里的，她总是不大出门，她喜欢守着这个家。

节假日，奶奶是必定在家里的，有客人来的，姑姑也会来。节假日是我们的天堂，大家聚在一起，吃喝玩乐，要多快乐，就多快乐。现在才恍然明白，那种幸福是用奶奶的辛苦换来的。

奶奶有一块菜地，那是完全属于她一个人的小天地，她想把地整成什么形状，就整成什么形状；她想在上面种什么，就种什么；她想什么时候种，就什么时候种。总之，这块地，她说了算。我们会去帮忙。她让我们把杂草、落叶和秸秆等植物的废弃物堆积起来，制成有机肥。当它们在坑里变成烂泥，也就是有机肥的时候，我们就把它们拿出来做肥料。这种烂泥的味道大约只有奶奶才喜欢，我们闻到了，都会使劲皱鼻子，捂嘴巴。奶奶把这些烂泥当成宝，我们才不稀罕呢。

獾，这是个不速之客，有一天他突然来了我们家的玉米地。我都忘记了大约是哪一年的事情了。开始的时候，我们很不喜欢这个尖嘴小眼的家伙。它不但和我们分享玉米，还和我们分享瓜果，而且，总是挑最熟、最甜的，在半夜里独自享用。这是个不懂得爱惜劳动成果的家伙，总是一边吃一边丢，把才咬了一口的东西也丢。

可是，在秋天的时候，在瓜果季节即将结束的时候，我们忽然发现，它在与我们渐行渐远。这个孤独侠，它要离开我们了，在我们开始喜欢它的时候，它却要走了。我们想多留它几天，就在它经常出没的地方放上食物，把稻草送到它的洞门前，一点反应都没有，它躲起来了？总之它消失得无影无踪。

我们一直在想念它，它却只留下冰冷的脚印，让我们心碎。

芦苇荡里的野餐

那一年初夏，那年初夏，我和姐姐心血来潮要爸爸带我们去阳澄湖玩。爸爸说，好，我们到芦苇荡里野餐，然后到湖心学摇船。

这是真的吗？我和姐姐在爸爸面前一个劲地欢蹦乱跳。

开船前，爸爸往船头搬了一个炉灶，还搬了点柴禾，这个简易炉灶是用一只破陶罐做的。有时候爸爸会在上面煮点东西。今天嘛，呵呵，我们要用它来煮中午饭吃啦。

过了石拱桥，再往前就是一条僻静的小港，岸很高，水流很急，船在里边行，根本没法看到田野上的东西，只有两岸的树铺天盖地地向河面伸展着，将我们的小船罩住。爸爸说。他小时候看到过很多很多人来开河，像这样通往阳澄湖的小港很多。一出港口，阳澄湖就展现在我们面前了。我们欢呼雀跃起来。我们看到爸爸脸上全是笑容。

但是今天天气不怎么样。爸爸略微有点遗憾地说，不过，他的脸上还是笑着。他不想让我们不开心，我能感觉得到。

湖面上波光粼粼，天空中艳阳高照。

爸爸把小木船摇向芦苇荡，还没靠近那一排在水中飘摇的芦苇，青青的芦苇荡里已经冷不防有野鸡被我们惊飞，听到野鸡扑棱棱飞起，我们欣喜万分，也惊讶极了，简直不知道该怎么办了。

爸爸把小船靠近芦苇，小橹也拔起来靠船的一边放着。我们学着爸爸的样子轻轻地拉着芦苇让船向芦苇丛靠拢。一会儿，爸爸在向水中小心翼翼地投放地笼网了。我们的心情激动极了，两手轮流交替着轻轻往前拉着芦苇。船静静地向前移动着，一会儿，爸爸就把地笼网放完，并且将地笼网笼梢的尼龙绳轻轻地系在一根芦苇上。爸爸坐在船尾，我们也坐在船沿等待。

快生火做饭呀。爸爸提醒我们。啊，我们差点忘啦。我们迅速行动起来，往炉灶添柴的添柴，点火的点火，忙得不亦乐乎。爸爸折了一段芦苇给我们做了一根吹火棍。

炉灶里冒出一股浓烟。吹火棍有用极了，轻轻朝炉灶里一吹，只一会儿，浓烟就转变成一缕青烟了。我和姐姐忙着淘米煮饭。我们用清清的湖水煮饭。行不行的？我们问爸爸。爸爸煞有介事地说，不要太好吃！他已经在认真地收网，动作是那样娴熟，每一个动作看似不经意，却处处有条不紊。

一会儿，锅里就飘出了一股湖水的淡蓝色的味道，还带有芦苇的清香。爸爸的鱼桶里已经有鱼在噼噼啪啪跳跃了，我们选了一些鲶鱼和昂丝鱼。爸爸很快就处理了它们。我们的饭香飘出来时，爸爸就准备着煎鱼了。没想到这次爸爸真的是有备而来，柴米油盐一用俱全。油锅一热，葱姜爆炒出香味，鱼就一条一条下锅了。一会儿，油锅里就飘出醉人的鱼香味儿。两碗水加进去，鱼浅浅的没入水中，那些香味也仿佛浸入了水中。不放酱油，盖上锅盖，煮透了，改为文火炖煮。

先是闻到丝丝鱼香再一次钻入鼻孔，三个人的肚子不约而同地"咕咕"叫起来。我们相视而笑，心里是满满的幸福。

姐姐揭开谜底一样地揭开锅盖，一锅浓浓的乳白色的鱼汤呈现在眼前，那是我们的最爱，是我们童年里的永不褪色的记忆。那泛着光泽的纯白色的鱼肉，那开口处翻翘着的油油的灰色的鲶鱼皮、鹅黄的昂丝鱼皮，它们快要掉出来的雪白的眼球……

也许是爸爸太宠我们了，野餐过后，我们提出要求到湖东去，爸爸犹豫再三，还是答应了。爸爸看了一眼天色，刚刚还阳光灿烂的天空不时快速飘过一片又一片阴云。爸爸郑重地想了片刻，终于抄起橹朝湖东摇去。爸爸虽然摇得不是很快，但是他每一橹都卯足了劲，我们的小船在广阔的湖上竟有一泻千里的感觉。

没多久，我们就上岸了，爸爸让我们一上去看看就回到船上，因为天色变化太快了，他担心天气会变。也许是我们太任性了，我们奔跑在阳澄湖东岸的田野上，感觉新鲜又有趣。那里是一大片绿油油的麦田。我们玩疯了，加上岸太高，我们竟没有听到爸爸在呼喊我们，直到我们看到爸爸朝我们跑来的身影，我们才猛然想起爸爸的话。我们回到船上的时候，天已经变阴了，满天都是快速移动的灰白色的云，湖面上有了阴风。

此时的阳澄湖阴沉可怕，波涛阵阵，看着真叫人害怕。严峻的时刻到来了。爸爸快速地摇着船，风还不大的时候，爸爸把船摇得像一支笔直的剑，直插对岸。我们紧紧地抓住船沿，惊恐地望着爸爸奋力摇船。后来，北风越来越紧，水浪狠狠地朝着我们的小船打来，爸爸就改为顶风前进。船头浊浪排空，水浪撞在船头，轰然作响，顿时船头水花飞溅，真是惊心动魄。我记得当时我们没有哭，我们虽然紧张，虽然害怕得趴在船舱，但是我们知道，有爸爸，就有我们，爸爸在，我们就会在。

当我们终于进入港口，爸爸已经筋疲力尽了，我们心疼极了，都抢着摇船。没想到，阳澄湖里浊浪滔天，小港里却风平浪静。爸爸坐在那里，很累很累，他很欣慰地看着我们。我知道，爸爸心疼我们，我们其实心里也非常非常心疼他的，不知道他有没有感觉到。

爸爸与他的京胡

爸爸那么喜欢唱京剧，我们时常会在他做活的时候听到他在唱，其实他只是随意哼上一段，可在我们听来，觉得他总是唱得那么有模有样的。他什么都唱，什么《沙家浜》《红灯记》《智取威虎山》《红色娘子军》《白毛女》等等，都会唱。要是遇到真的有时间，他就会拿出那把京胡，"龙里格龙咚龙格里格龙"地拉一阵，然后一个人在那里唱一阵。他只能唱一会儿，唱一会儿他就得去干活。

如果不是那次排练，我可能不会那么深地爱上京剧，至少不会一下子对京剧艺术有这么多的了解。那年暑假，爸爸的朋友——汤老师和林老师来鱼塘上和爸爸一起排练京剧《沙家浜》"智斗"那一段，因为爸爸白天忙，所以总是每天晚上来排练。那时候，我总觉得晚上来得太迟，也不知爸爸是怎么想的，那时候，汤老师和林老师早早地来了，爸爸却还在鱼塘上忙着。伸手不见五指了，他才急急忙忙收工，然后匆匆忙忙去吃晚饭。而这个时候呢，汤老师和林老师早就在鱼塘上，在习习晚风里唱起来啦。星星出来了，爸爸才坐定。

要是在平时，不唱戏的时候，爸爸坐下一会儿就会有呼噜声响起，但是要是京胡一拉，那就是另外一种情形了。

"龙里格龙咚龙格里格龙，龙里格龙咚龙格里格龙……"爸爸把调一拉，唱戏的情绪气氛就出来了。一有音乐，扮阿庆嫂的汤老师立刻活跃起来，她把阿庆嫂端茶、倒茶等各种身段动作亮相一遍，然后排练马上开始了。

汤老师和林老师事先就看过这个戏的演出片子，所以爸爸在给他们讲这个戏的时候，他们也很明白的。那就开始了。爸爸说。然后，胡传魁就该出场了。爸爸"龙里格龙咚龙格里格龙"拉了一阵后，扮胡传魁的林老师出场了，他拉开嗓子唱起来：

想当初，老子的队伍才开张，

拢共才十几个人，七八条枪。

遇黄军追得我，晕头转向，多亏了阿庆嫂，

她叫我水缸里面把身藏。

她那里提壶续水，面不改色，无事一样，

哄走了东洋兵，我才躲过大难一场。

似这样救命之恩终生不忘，俺胡某讲义气，终当报偿。

扮胡传魁的林老师嗓音浑厚、高亢、宏亮，唱得很卖力，可是爸爸说还不行，因为胡传魁除了讲义气之外，还是一个愚蠢、残酷的草包司令，他说林老师还没把胡传魁愚蠢、残暴的草包司令形象唱出来。一番话说得林老师连连点头。

然后他们继续排练。

刚开始排练的时候进展很慢，往往一句词要唱上无数遍，慢慢地，歌词熟悉了，进展就快起来。

在他们排练的过程中我慢慢地弄明白了，在京剧里头有四个行当，这四个行当就是生、旦、净、丑。这四个行当，在《沙家浜》"智斗"这个片段里就占了三种，其中，阿庆嫂属于"旦"角，即"花旦"；胡传魁属于"净"角，也就是"花脸"；刁德一呢，属于"生"角。

爸爸扮刁德一，林老师扮的是胡传魁，汤老师自然扮的是阿庆嫂。

一开始总是扮胡传魁的林老师先唱：

想当初，老子的队伍才开张，

拢共才十几个人，七八条枪。

遇黄军追得我，晕头转向，多亏了阿庆嫂，

她叫我水缸里面把身藏。

她那里提壶续水，面不改色，无事一样，

哄走了东洋兵，我才躲过大难一场。

似这样救命之恩终生不忘，俺胡某讲义气，终当报偿。

接着阿庆嫂出场，先来一大段（念白）：

胡司令，

这么点儿小事儿，

您别净挂在嘴边儿上，

当时我也是急中生智，

事过之后您猜怎么着？

胡传魁：（念白）怎么着？

阿庆嫂：（念白）我还是真有点儿后怕呀。

参谋长，烟不好，请抽一支。

胡司令，抽一支！

接着刁德一要出场了，爸爸自己扮刁德一。

他说："接下来是我们三个人一句一句轮流唱。"

汤老师说："我们要把内心思索的过程唱出来。"

林老师点点头说："对，京剧西皮唱腔是一种明朗、刚劲、激昂的腔调，是很适合表现喜悦、激动、高昂以及愤怒等情绪的。"

爸爸听了连连点头，接下来他自己扮的刁德一要出场了。

过场音乐："龙里格龙冬龙格里格龙……"

刁德一出场：（唱）这个女人那，不寻常。

阿庆嫂：（唱）刁德一有什么鬼心肠？

胡传魁：（唱）这小刁，一点面子也不讲。

阿庆嫂：（唱）这草包倒是一堵挡风的墙。

刁德一：（唱）她态度不卑又不亢。

阿庆嫂：（唱）他神情不阴又不阳。

胡传魁：（唱）刁德一，搞得什么鬼花样。

阿庆嫂：（唱）他们到底是姓蒋还是姓汪？

刁德一：（唱）我待要旁敲侧击将她访。

阿庆嫂：（唱）我必须察言观色把他防。

刁德一：（念白）阿庆嫂，

然后刁德一唱起来：适才听得司令讲，

阿庆嫂真是不寻常。

我佩服你沉着机灵有胆量，

竟敢在鬼子面前耍花抢。

若无有抗日救国的好思想，

焉能够舍己救人不慌张。

爸爸的演唱把刁德一奸诈、凶狠、阴险的汉奸形象表现出来了。

该阿庆嫂了，阿庆嫂：（唱）

参谋长休要谬夸奖，

舍己救人 不敢当。

开茶馆，盼兴旺，

江湖义气第一桩。

司令常来又常往，

我有心，背靠大树好乘凉。

也是司令洪福广，

方能遇难又呈祥。

汤老师的演唱，把阿庆嫂聪明、沉着、勇敢、机智、灵活的女地下党员的性格特征唱出来了。

刁德一：（唱）

新四军久在沙家浜，

这棵大树好阴凉。

你与他们常来往，

想必是安排照应更周祥。

这是刁德一在试探阿庆嫂的身份。爸爸把刁德一的这种阴险、狡诈的性格特征唱出来了。

面对刁德一的阴险，阿庆嫂表面上不动声色，但是在唱词里机智、巧妙地进行了回击，阿庆嫂：（唱）

垒起七星灶，铜煮三江水。

摆开八仙桌，招待十六方。

来的都是客，全凭嘴一张。

相逢开口笑，过后不思量。

人一走，茶就凉。

有什么周祥不周祥。

林老师说汤老师的演唱非常到位，把阿庆嫂与刁德一斗智斗勇，表面从容，内心却激烈紧张的场面都表现出来了。

那些日子，看着爸爸他们不知疲倦地、一遍又一遍地排练，我的内心受到很大触动，我深深地被阿庆嫂的聪明和勇敢打动了，也喜欢上了《沙家浜》，喜欢上了京剧。我想这一切，我对文学的执着与热爱，与爸爸的熏陶是分不开的。

灰灰

　　我还记得它的样子。灰色的、宽宽的背，宽宽的脑袋，宽宽的嘴，好看的眼睛。我给他取名叫灰灰。它也认得我。所有的鱼中，我最喜欢灰灰。它每天都会游到岸边转悠，一定是在找我。它摆动尾巴，慢悠悠地游来，我就喊它，它会吓一大跳，转身就逃。它这样做，有时候也会吓到我，我们真的很相像。它调皮的时候，会突然掉头，去追逐一只小虫子，然后开开心心地游回来。找不到人跟我玩的时候，我就趴在岸边去看灰灰。它会来的。它会停留在我面前，好久好久都不游开。

　　数九寒天，爸爸和他的老伙计们忙碌起来了，捕鱼季节到了，

　　我不舍得灰灰。爸爸，不要捕到灰灰。我说。爸爸说，好的，如果捕到，也会放了。爸爸，你不会忘了灰灰的样子吧。我说。不会，它很特别，爸爸一眼就可以认出它的。你说说它的样子。我忙着呢。说说吧。我哀求。好吧，宽宽的背，宽宽的头，宽宽的嘴，好看的眼睛。放心，爸爸认识它的。

　　大网里的鱼在跳，我的心也在砰砰乱跳。爸爸他们把大鱼噗通噗通丢进网箱。爸爸，别忘了！我站在岸上，站在冷风里，不断地提醒爸爸。

　　看着，在这儿呢。爸爸高举起一条大鱼喊。噗通，很大的一个水

声，爸爸把它放了。

我的爸爸，是世界上最好的爸爸。

每年十月，是阳澄湖蟹大量上市的季节。那个时候，爸爸总是很忙很忙。爸爸还养的一塘塘蟹，因为是靠近阳澄湖，所以也得了个阳澄湖蟹的美名。是的，爸爸同时也养了塘蟹。真正的阳澄湖大闸蟹是那些在真正的阳澄湖水里长大的螃蟹们。他们的价格高得出奇。我问过爸爸，我们为什么不养这种蟹。爸爸说，在阳澄湖里养，风险大。而且污染水源。那时候他们还没有意识到这个，很多人都没有意识到，只要交钱就可以在阳澄湖里围一圈网，在那里养蟹。

有一天，他急急忙忙回来吃饭的时候，带回一只个头不小的蟹，他让我把这只蟹放了。这只蟹，我们谁都认识，连黑龙也认识它。它的故事我们也知道。捕到过几次了，每次都被爸爸扔回水草里。

还是在春天的时候，那只老等，就是那只个子并不大的白鹭，它天天在水塘边转悠，选定一个地方后，就再也不离开，站在那里，瞧着水面。它啄坏了一只小螃蟹的壳。小螃蟹大吃一惊，拼命逃脱了，背上就留下了这个洞。我们不知道小螃蟹是怎么活下来的，但是可以想象，它一定吃过很多苦，这个洞是它一生的荣耀。我又一次把它放了，让它向它的同伴继续讲述关于老等和它背上的那个洞的故事。

菱桶总是停在水面上。家里人很忙，没人去理会外河那些红菱。妈妈总说菱都在掉了。掉就掉了吧，反正也不多。爸爸扔下这句话就去忙他的事了。

那只菱桶对我的诱惑实在太大了。我非常想上去坐一坐，而姐姐总有写不完的作业。我都把自己的书包整理过好多遍了，姐姐还是没写完。

我来到了菱桶边上。要进这个菱桶，真是一件很费劲的事。一只脚踩进去，菱桶就会逃离，而你永远做不到两只脚同时踩进去。我突然有了一个好办法。

　　我把菱桶弄到了小船边，我扶着船沿，把两只脚同时放进了菱桶，然后，松手，突然间，我蒙了，我咕咚一声掉进了水里，并且一下子沉到了水底，因为我的脚碰到了水下的藤蔓。

　　等到我重见天日的时候，香草抱着我。香草告诉我，她是听到黑龙拼了命地叫才跑来的，她说她跑来的时候黑龙已经在水里了。她说她看到菱桶翻了就知道出事了，于是就跳下水，她看到黑龙咬住了我的衣服在把我往岸边拖。

　　爸爸又气又恼，对着家人吼了又吼，谁，谁把菱桶摆在那里的？谁？再多的菱都换不来一个人，你们不懂吗？爸爸举起斧头劈向菱桶，直到把菱桶劈成稀巴烂才停手。从此，外河的那些菱再也没人去采过。

　　香草，对，就是香草，是爸爸新近才请来的帮手。

香草

黑龙这名字棒吧？！黑龙是我家养的一条狗。那时，家里条件虽然不好，但家家户户都要养一条或者二条狗，让它们守护着那些少得可怜的财产。

此时，黑龙，它站在高高地堤岸上，背朝滔滔奔涌的阳澄湖，那影像可真是像极了一位王者。那天，它老远就看见了我，我看见它紧紧地盯着我，它在辨认，突然，它认出我来，蹦跶了一下，随即像神兽一样，呼呼地向我狂奔而来，它冲到我面前，直立，直立，又直立，它站得和我一样高，我紧紧地拥抱它。紧紧地拥抱着它，我感觉自己一下子释放了很多，失落、焦虑、思念，很多很多。然后它一路紧紧簇拥着我去到爸爸身边。

那是个秋末，正是鱼长膘的时节，然而这个时节却也是爸爸最为烦恼的时节，因为阳澄湖畔白鸟太多，随便哪只白鸟，它们似乎都想来打鱼的主意。为了摆脱那些鸟的骚扰，爸爸和香草他们想尽了办法，包括支起黑丝网捕鸟，但那是犯法的，最后他们对那些鸟还是没有什么好的办法，只能采用原始的办法——驱赶。这是黑龙的强项。最要命的是，那些鸟中有几只鸟特别能早起，爸爸说它们天蒙蒙亮就会守在鱼塘边了。爸爸无奈地笑笑说："好在阳澄湖边没有林子，太阳一下山它们就会飞走了。"香草也说:"唉,每天就这样折腾。"

香草的男人原先在小镇上开了个小舞厅。那是在我们的鱼塘没拆迁的时候。她对他很好。她总说她男人对她也很好,可是有一天她是抹着泪来上工的。"你别指望他拿钱回家。"香草对妈妈诉苦。她颧骨上的一块淤青,不说也知道是遭男人打了。

不知道她男人是不是黑帮,人家都称他老大。

香草成了我的心病。我不喜欢她。但是,她救过我。她为我们家干活很卖力。爸爸说,这样肯卖力的人现在已经很难找了。

她是黑社会的老婆,我想,她迟早会连累我们家的。

原来他们是因为付不出房租而吵架打起来的。妈妈知道后就对香草说:"搬到我们鱼塘上来住吧,这样就省了房租钱了。"

就这样,香草一家就搬到我们鱼塘上住了。我不知道妈妈是怎么想的,总是和香草一家客客气气的。

爸爸蟹养得好,所以来爸爸这里谈蟹经的朋友就多了起来。特别是春天,蟹塘里不久前种上的一窝窝水草正在生根发芽,养殖户们准备放养蟹苗的时候,不时会有人来取经。爸爸就把其中的秘密和盘托出。

"你记住,"爸爸对来人说,"养好蟹,养好一塘水草是关键。"

"对对对,"来人连连点头,"去年我就是没养好草,一塘蟹三天两头发病,没赚到什么钱。"

"那是你吃了没养好草的苦。"爸爸点点头说。"今年你一定要记住,要养好蟹,一定要养好一塘水草。"

"我是想养好的,可就是弄不好这些水草。"

"你施肥吗?"爸爸问。

"当然,看到它们瘦了,就施;矮了,也施。可不知道为啥,我的水草总是越长越小。"

"你施肥不当。"爸爸说。"这样，我下次施肥的时候你来看看，我来教你。"

"好的好的，那我先回去了，谢谢，谢谢……"那个总是种不好水草的朋友很感激地走了。

我不记得自己和香草具体谈了些什么了。那天我很冲动，说了很多难听的话。后来我很紧张，抱着黑龙，蜷缩在一个草垛边，我害怕见到爸爸。

黑龙。我抱着它，呼唤着它。黑龙。

那天，黑龙依偎在我身边，很耐心地陪了我很长时间。天快黑的时候，我拖着沉重的脚步跟着黑龙回到了家里。家里看起来风平浪静，好像什么事儿也没有，可是我的心里就像被狂风暴雨蹂躏过，内心一片狼藉，我不知道接下来事情会怎样。

几天以后，香草走了，他们全家都搬走了。那些天，我一直躲躲闪闪，不敢与爸爸照面。我暗地里观察着爸爸，他好像还没有知道香草离开的真相。如果他知道是我赶走了香草，他会怎么样，会打我？骂我？赶我走吗？他一定会不爱我的。

那些日子，我都与黑龙在一起，不管到哪里，我都与黑龙在一起。

黑龙小的时候全身圆滚滚、胖乎乎的，它一来就似乎已经知道了它的使命，鱼塘——家——鱼塘，整天跟着我们来来回回跑，等它跑熟了那条路，它也老练起来了，自己就会一滚一滚往鱼塘跑。

香草走后，明显地感觉到爸爸妈妈忙起来了，看到爸爸妈妈这么劳累，我心里内疚极了。那个暑假，我拼命地割草，像一部机器。可是我觉得爸爸和我说的话越来越少了。他一定是不爱我了。

再见香草，是在后来的一个夏天，那时我们的鱼塘已经拆迁。我骑车在大街上经过，她开着一辆电瓶货车与我擦肩而过，然后在前面不远处停了下来。我也停车，把帽沿拉得很低。

她黑了不少，但是很有劲，把装满西瓜的货车拉到一个摊位前面。

一个面色白净的男人从摊位里站了起来。这是他男人。我看到他一个咯吱窝里架着拐杖，那副很旧的拐杖。

香草利索地卸下西瓜，然后把空车开走了。

我把车推过去，看西瓜。

这是我们自己种的，很新鲜，才从地里运来。他说。你们自己承包的地？我问。他说是的。我想知道香草干活有多累，就问，包了几亩？

十亩。他说。

十亩，我知道那有多少地。

十亩，不多，不少，他们不会请人的，全得香草一个人。

要几个？两个。大点的还是小点的？大的。我想也没想就回答。

幸好，我有车篮。我把西瓜放进车篮。一个在下面，一个叠在上面。上面的西瓜在袋子里摇来摆去的，几次差点掉下来。我很费力地转好车，小心翼翼地骑上车走了。

半路上，我摔了，西瓜都烂了。要在平时，我也许早把它们扔了，但是这次，我没有，湿哒哒的西瓜汁染到了裤子，也还是舍不得扔，因为那是香草种的。

后来，我又去买过几次西瓜。都是香草不在的时候。

他们原先是渔民，摇着小渔船在阳澄湖四处为家，后来阳澄湖封湖以后，他们就卖了船上岸了。那时候很多渔民卖了小船以后换了大船搞运输，因为香草的男人残疾，没办法搞运输，他们上岸以后就在镇上开了小舞厅，结果亏本，经营不下去了，所以香草就出来打工。他们的故事，一开始，我是不屑一顾的，现在当我心平气和地想到这个故事的时候，我的心难过起来。

寒食节

　　不管有多忙，爸爸总不会忘了提醒妈妈在"寒食节"时多准备点寒食。本来一直以为爸爸是因为特别喜欢吃粽子才这么喜欢过"寒食节"的，原来这里面真的有一个故事，那一天是为了纪念春秋的介子推的。传说，晋国有一个功臣带着年迈的母亲隐居山中，晋国的国君晋文公为了迫使他的功臣介子推出山，命令放火烧山，结果大火蔓延，烧了三天三夜，介子推和他的妈妈被活活烧死在山里。因为介子推是被火烧死的，所以人们在那一天都不忍举火，宁愿吞吃冷食，所以那一天也叫"寒食节"。

　　妈妈总是什么都依着爸爸。妈妈包粽子，一包就包一大锅，有时候，两大锅，一锅红豆蜜枣粽，另一锅鲜肉粽。这么多粽子，妈妈在"寒食节"那天要给掉一些。我们会连续吃上好几天。

　　妈妈在包粽子前几天就会去芦苇荡掰好苇叶，晒几天，青翠碧绿的苇叶就变成了淡绿色，放在锅里加水煮透，叶子又变回原来的绿色。这时候的叶子又软又韧，正好用来包粽子。

　　我和姐姐尖手尖脚地跟着妈妈学包粽子，可是学不大会，不是米撒了，就是卷好的粽叶松了，米漏出来。姐姐包得还像样些，可是不会扎，一不小心，哗，拿在手上的粽子突然散了，米撒得哪儿都有，然后妈妈就赶我们走。

我们赖着不走，妈妈就让我们去看水开了没有。大锅的东西，妈妈都喜欢在灶上煮。大锅煮出来的东西，好吃。

大人们嫌我们麻烦，就少了给我们学的机会，我和姐姐还是学不会包粽子。

家里缺了一样东西，我们不会觉得什么，但是人，不一样，缺了一个人，就像心少了一块，总想去寻找。自从姐姐到外面去读书后，我基本上步了姐姐的后尘，也拿书当枕头，也养成了晨读的习惯。为了不让我老是想姐姐，妈妈把与我一墙之隔的姐姐的房间锁起来了，但是怎么能锁住我的心呢。姐姐什么时候回来，成了我的口头禅。终于有一天，妈妈漏了马脚，她说，不知道你姐姐什么时候才能回来。然后望着天空发呆。

姐姐走后，我们家隔三差五地就会多出一些小动物。首先是，我从隔壁王奶奶家抱回来一只猫，又小又白，可爱极了，如果你见了，也会喜欢的。我给它取名小白。

我一回家，它就喜欢围着我转，我就把它抱到我的书桌上，这样，我就有伴儿啦。

嗨，小白。我说。

喵。它回应我。

每当它打瞌睡的时候，我就喊它一声，它就糊里糊涂地回我一声，然后继续睡觉。有时候，如果把它喊得太醒了，它会不高兴，打个大大的哈哈，转身跳下书桌，走人，弄得我好扫兴。

后来，我们家又养了一只小黑，与黑龙不同，它又小又瘦，是我从路上捡回来的。当时，在雨里，它看上去狼狈极了，我把它抱在怀里，它身上抖得厉害极了。我特别怜爱它。

再后来，妈妈干脆养了一大群小鸡，它们好可爱，总想从土里刨东西吃。我把米撒在地里也不吃，它们就喜欢找虫子吃。

我知道，这些都是为了填补姐姐走后留下的空白。

但空白是填不满的。随着学习难度增加，我再也没时间练毛笔字了，双休日上补习班，专攻英语和数学。

我那老秀才舅公很生气，气呼呼地跑来质问他的妹妹，就是我的奶奶，说，怎么搞的，怎么半途而废了？奶奶说，我有什么办法呢，读书的事，归她爸爸妈妈管，我不管这事。老秀才舅公真生气了，奶奶说，留他吃饭都留不住。他是真生气了，他本来已经打算正式收我做关门徒弟了。

我不敢上门解释，也不敢在电话里说，就专门写了封信。没想到，老秀才舅公很快给我回了信，秀，理解你的，好好读书吧。希望你有空还是练练毛笔字，或者也可以到我这儿来，我会好好指导你的……信的末尾，署名是这样的：你的舅公。

捧着信，感觉很温暖，对舅公也有了一种全新的认识，原来他是那样器重我。

我喜欢阳澄湖

爸爸，每天都是那么累，却每天都能给我们带来快乐，他累的时候会往那里一躺，或是在家里，大椅子里，沙发上，或者在柳树下，湖边，草地上，他是天底下最会装的人，晚饭前他最喜欢装累。也许，他真的很累很累，但是，累得一塌糊涂，累得完全像一滩泥就有点假了。但是我们喜欢他装累。

你瞧，我们在客厅里，一边看电视一边等着妈妈叫我们吃晚饭，爸爸的表演开始了。他往大大的藤椅里一躺——眼睛紧闭，头后仰，垂下来，手脚也垂下来。我和姐姐就给他捶，这儿那儿地捶。捶到坚硬的骨头上，我们的拳头会很痛。捶到经络上，爸爸会呲牙咧嘴，但是他还不会轻易醒。他很狡猾，他要我们捶得手臂发酸。我们是不服输的姐妹俩，我们轮流上阵，继续捶。不管他装多久，我们准能把他捶醒。然后，一家人快快乐乐地去吃饭。

那一年冬天，也是马上过年的节奏，爸爸在虾塘里下了地笼网捕虾，他要去收网的时候突然发病，我和妈妈都慌了神。爸爸被送进医院后，我哭了，我觉得天要塌下来了，那一刻，我觉得身上有了责任，我想替爸爸做所有的事情。我知道，卖虾，就靠春节。

那天，飘着雪，我穿上了爸爸平时穿的潜水裤去收网。那是怎样的一种寒冷啊，如果没有那一次，也许今生永远都不会懂爸爸。一直以为养鱼养虾很省力，简直是件世界上最轻松的活儿。

原来水冷起来是这样刺骨，冻在手指，却痛在心上，那种锥心的痛足以让人痛晕过去。还没下水，一湖的寒气就扑面而来，我一连打了几个寒颤。下到水里，水的压力将潜水裤紧紧地贴在身上，整个人就像掉进了冰窟窿。没想到牙齿真的会冷得"咯咯"打颤。水面下原来是不平静的，也有涌浪的。如果不用力站稳，一不小心就有摔倒的危险。北风紧起来，天空中飘着大朵大朵的雪花，我像爸爸平时倒地笼网一样腰里用尼龙绳牵着一只红色的大塑料盆，虾就倒在那红色的大塑料盆里，人到哪儿，塑料盆就在水面上跟到哪儿。那一刻我真正地懂了，懂了爸爸，懂了鱼塘，懂了辛苦和收获的关系。我知道爸爸就是鱼塘，鱼塘就是爸爸。当马叔叔来鱼塘收购虾的时候，看到我在河里，他好像一点儿也不吃惊，只是站在岸上缩着脖子，提醒我要稳住盆，不要打翻了。啊，他把我看成女汉子啦。

春天，正是那么多鱼苗成群结队学着寻食的时候，这个时候，爸爸就已经给鱼苗苗们喂过了开口食，是一些蛋黄呀，藻类呀什么的，接下来就可以给鱼苗投一些嫩草什么的了。那个时候，爸爸就会天南地北去割嫩草。轮到假日，爸爸就会带上我们摇着小船一起去。有时候我去，有时候是姐姐去，有时候我们一起去。那是要早起的。鱼塘周边的那许多嫩草这个时候爸爸是不碰的，他要留着夏天鱼进食量大的时候割。我们都喜欢做这件事。太阳还不知道在哪里的时候，爸爸就摇着小船带上我们出发了。河面上水汽蒸腾，烟雨蒙蒙的样子，爸爸在舡板上不紧不慢地走着一种十分协调的步子一边摇船，一边和我们说话，每当这个时候，我们往往在一口一口咬着妈妈给我们烙的面饼，油乎乎的。爸爸的声音，爽朗，扩散到岸边的植物上再弹回来，所以，在烟雾缭绕的湖面上，我们的声音听上去好像都不太真切的。我们感觉爸爸的眼力总是最厉害的，不管多么远，只要有一抹绿色，爸爸总能一眼就发现它们。这时候，爸爸就会提醒我们，船靠岸了，我们就会提前做好船撞上岸的准备。其实爸爸摇船很少发生撞岸的情况，只有我和姐姐摇船才会使劲往岸边碰擦。每当船与岸碰擦的时候，不管剧烈还是不剧烈，都要提前做好下蹲或者半下蹲的姿势，如果你不能及时做好回应这一撞的准备，那么，你只能自食其果了，那是非常无辜的事情。

那青草，鲜嫩如水，别说出门前爸爸或是妈妈早就把镰刀磨得雪亮，就是没磨，早春的草那么嫩，一碰就断。也真是奇怪，往往这些草一秒钟前还滴着露水，一眨眼，草叶、草茎上竟然滴水不沾了。不知不觉一抬头大大的太阳已经当头照了，仿佛我们已从烟雨缥缈的仙境来到了人间。我们的小船不停地在青青的河岸边靠拢又离去，方便，快捷，不消到吃饭时间，我们就能返回鱼塘。而这时妈妈往往正准备张罗午饭。鱼塘的生活就是这样有条不紊。突然发现，是爸爸和妈妈两个人共同串起了鱼塘一日又一日的生活。

那一次，在割草休息的间隙，我用芦苇最顶端的一片嫩叶做成功了一个芦笛，我很得意。开始的时候我轻轻地吹，吹不出声音来，接着我使劲吹，吹来吹去只吹出来两个音："吱——吱——"

爸爸笑了，他忽然来了劲头，说："等着，爸爸来吹给你听。"然后爸爸选了一片最嫩的苇叶，轻轻一卷，卷成一个小芦笛，把小笛子放在嘴边轻轻一吹，一阵动听的笛音就从芦笛里飞了出来。我和爸爸面对面吹起来，我学着爸爸的样子喌紧着嘴唇吹，吹来吹去，我终于吹出了有点像样的笛音。爸爸的笛音长长的，我的笛音短短的，合在一起，一长一短，好玩极了……

那一幕，那一幕幕，我永远记得。那是初秋的傍晚，远处的水面上腾起薄雾，淡淡的雾影随风变换，白鹭们的身影早已经远去。这时候爸爸的小船在水面轻快地荡漾，他在天黑之前定做完所有的水上活计，然后刚好在伸手不见五指的那一刻跨进家门。这时候的家里，妈妈已经将什么都准备好了，热热的水，飘香的饭菜，还有一屋子的自由自在……

梦中的村庄

　　我不知道，一块地被征，那块地是什么感觉，那些庄稼是什么感觉，那些树是什么感觉，那些花草是什么感觉，那些在田头蹦来蹦去，飞来飞去的小动物是什么感觉，但我知道，一个男人，经营了半辈子的田地被征，他会傻子一样的坐在田头，天黑了也不想到回家，那个男人就是我爸爸。他熟悉他的每一块地，甚至每一块土，他闭了眼都能知道，那一块土是哪一块地里的。他知道那一块地肥，哪一块地瘦，哪一块地需要改良，需要放多少有机肥……

　　爸爸半辈子的心血都在这上面了，他把它们像孩子一样养壮了，现在却要被征收，在上面建高楼，修大路，他的心血将被埋在地基下，或者路基下……那些日子，爸爸崩溃了，一天到晚想着他的地，像傻了似的，逢人便讲他的地，他的鱼，他的蟹。如果哪里有几口鱼塘，我就把我的鱼和蟹搬过去……

　　妈妈对他说，不会有了，这儿不会再有什么鱼塘了。

　　不会有了，再也不会有了。爸爸自言自语地说。

　　同意拆迁的，每家墙上都被写上一个大大的"拆"字，我们家墙上也有，是写在我每天放学第一眼就能看见的那面东墙上的。不同意拆迁的，也有，不过，在别的村。今天同意，明天就得搬走。这些都是后来别人告诉我的。

那天，我周末回家，远远地，我突然望不到我的村庄了，全村已经夷为平地，满目疮痍，仿佛经历了一场劫难。我惊呆了，我的村庄怎么就没了，在那个熟悉的地方，曾经望过去满眼大树的村庄，到哪儿去了？那些大树呢？到哪儿去了？

残砖断瓦下，那些胳膊粗的小树在那里惊讶，一些果树上还挂着青果……没有了炊烟的村庄死一般沉寂。

家里人一定是忙着搬家，忘记了通知我。

我去找我们的小楼地基，一小片绿墙从废墟里探出头来望望我，那是爸爸在墙上刷过绿漆，是我们的厨房。突然，我的小狗和小猫从那里钻出来，看见我，疯了一样地跑向我，我蹲下来，它们趴到我膝上，想要告诉我，它们有多害怕，它们有多想我。

别怕。我抱着它们。它们很饿，腰细得跟狐狸的脖子一样，它们一定哭过，它们的声音那么沙哑。我从包里找出面包和牛奶，我从来没有见过，见过它们这么狼狈地吃过东西。

我转身看到了我的枕头，我的枕头上沾满了灰尘，我在废墟里拼命扒着，我要找到姐姐的枕头，姐姐答应送我做嫁妆的枕头，那个永远留着姐姐体香的枕头，我的小狗和小猫帮我一起找。

天色晚了，我抱着枕头，我和姐姐的枕头，领着我的小狗和小猫，去找我的家人。晚上，我躺着，想着我们的下楼。真想我们的小楼来看看我，我闭上眼。我梦中的小楼，迈着沉重的步子在找我。我看见他去问路边一个干活的外地民工，问了好久，我使劲喊着，我在这儿，这儿，还跟他摇手臂，可是他没有听见，也没有看见。他又去问别人，那人还是摇头。我的小楼迈着沉重的步子，胆战心惊地踏上大马路，很多车子气呼呼地停下来，车窗里一下子探出很多脑袋，他们对他挥手，举拳头，还骂他，他吓得哭了，我喊他，他没听见，等我擦掉泪水，他不见了，我不知道他走到哪儿去了，他走丢了。

我到处找他，到处找，他就像是从地球上消失了一样，影子也没有了。我不相信梦了，我不相信我们的小楼会连影子也没有了。我觉得我非去不可了，我要回去看看。

一片片高楼已经竖起来了，很多人都在那儿看，他们是去看新楼的，看什么时候才能搬进去住。脚手架还没有拆除，刀剑一样刺破天空，刺痛我的心。我已不能确定我的村庄被压在哪一幢楼下，更不知道我的小楼在哪个角落，到处都在填填埋埋，没有一片地可以让我躺下来，没有一棵大树可以让我靠，我站在那儿，想象着我的村庄，想象着我的小楼。我的村庄，我梦中的村庄，在古老的运河边上，她很好，河边芦苇荡漾，岸上杨柳依依，野鸭在芦苇里筑巢，白鹭在水边觅食，白鹅在柳荫下漫步，妈妈们在河滩上洗衣服，每家每户的厨房里飘出香味。

我们的小楼是有笑声的，爸爸的笑声最大，响彻楼上楼下每一个房间，他笑了，我们全家都会笑。

有人让我走开，说建筑工地，严禁闲人入内。

我不是闲人。我告诉他们。我本来是这里的主人。

原来是这样啊。那些年轻的工人说，他们都说普通话，都是外来民工。他们说，拆了旧房子，就能住上新房子的。他们好心地安慰我。

我的脸上一定有泪挂下来了。

后来

后来，后来我读书，工作，后来随着时间的推移，那些东西都没有了，像风一样没有了，当时只知道那些东西没有了，现在才明白消失的只是那些场景，那些深深刻在记忆里的东西，那些画面是永远抹不掉的。

那秋天里的一幕，那金洒满地，那金洒满地的画面，在金色的秋阳里，那棵千年银杏身披厚重的黄金甲，庄严而肃穆地，庄严而肃穆地守候着那座古老的石拱桥。千百年来，静静相守，不离不弃。桥下是那湍急的，湍急的河流，通往那一望无际的阳澄湖。爸爸的小船无数次，无数次地从桥下经过，有时候，我们，我和姐姐，或是妈妈会坐在船上，我们经过那座桥到阳澄湖去。那是我的家乡，那银杏树，那石拱桥，那河流，那是我的童年，是我的怀念。我愿意乡愁就这样幸福地在心里荡漾，荡漾着。

阳澄湖，碧波万顷，那就是它在我心中的样子。它具体到底有多少面积，之前我并不知道，我只记住它碧波万顷的样子，后来我知道了，它有120平方公里。除了这个大湖，我们的四周还渔网一样密布着众多的大大小小的河流。这些河流，有时候往这边流，有时候朝那边流，爸爸说，阳澄湖满了的时候，阳澄湖就向小河倒流出来，小河满了的时候，小河水就灌进阳澄湖。我问："那什么时候阳澄湖满，什么时候小河满呢？"爸爸想了想，笑笑说："谁能弄得清呢，你说是不是？"现在我知道了，原来是爸爸自己弄不清，他自己弄不清，就说别人也弄不清，这样大家都弄不清，这个问题就跟他一点儿关系都没有了。我们小的时候，爸爸总是这样糊弄我们。

我们靠近阳澄湖住着。虽说靠近阳澄湖住着，但是到阳澄湖还是有一段距离的，陆路直线距离呢，大概有两公里的样子，要是水路呢，弯弯绕绕，那就要两公里多一点的样子。我们，我们的爸爸是经常由水路去阳澄湖的。

我们的村子，说到村子我就会多愁善感起来，就会莫名地伤感，伤感是因为伤感它的消失。它消失了，在那片土地上，在那条大河边。可我在梦中时时能见到它的模样。它给我的感觉还是那样亲切，我永远也不会忘了它。我们靠近阳澄湖住着，一条古老的大河在村边流过，浩浩荡荡。初夏，爸爸他们要种植水稻的时候，就把河水引上来灌溉。每年的这个时候，田野里就会有很多调皮的青蛙，我们走近它们，它们就闭嘴，我们走开了，它们就唱歌，老掉牙的歌。"梅雨季节"，那是令我们江南人特别骄傲的季节，每年的农历四、五月间，江南梅子就黄了，熟了，而那个时候大都是阴雨连连的时候，所以称为"梅雨季节"。所以江南雨季称也为"黄梅时节"，反正意思就是夏初江南梅子黄熟的时节。

不过，我得告诉你，在水田里唱歌的青蛙和在鱼塘边唱歌的青蛙是不同的，我并不是说它们的品种不同，我只是说它们的个头和所唱的歌不同。在鱼塘边唱歌的青蛙，它们所唱的歌大都是"咕咕咕""咕咕咕"这样的，歌声深沉，嗓音粗狂，能传得很远很远。我之所以知道这些，是因为我爸爸有很多鱼塘。我在鱼塘周围的草丛里寻找过它们，循着它们的歌声，你准能找到它们。

"梅雨季节"并不是说天天下雨，也有赶上大晴天的。要是大晴天，大人们在田野里忙着的时候，我们就偷偷地跑到河边去玩，我们只能偷偷地去。

我喜欢到那儿去，好像我的心在那儿似的，我喜欢那些凌乱的灌木丛。河岸边的那些灌木丛总是很茂密，而且都是到处杂乱地生长着的，不经意间我们会在低矮的灌木丛下发现一种我们称之为兰花的植物，开着蓝色的蝴蝶花，它们惬意地开在那里，像精灵一样吸引我们的眼球，我们沿着河岸一路追寻它们的足迹。现在，我可以毫不夸张地说，这蓝色的精灵惊艳了我们的童年生活。这蓝色的精灵与幽兰的水波相互辉映，这一幕，多少年我也不会忘，到老都会记得。

这里养鱼的人家也很多。爸爸就是，有很多鱼塘。

从家里出来，穿过一片田野就是我们的鱼塘，黑龙是这里的王，它的心很小，哪儿也不去，就守着那片田野，守着那些鱼塘，守着我们，但是它的力量很强大，它似乎征服了那片田野，征服了那些鱼塘，征服了孤独和寂寞，它是强大的。

鱼塘的外围是一条小河，沿河有一排小屋，我们也可以住在爸爸的鱼塘上。这里全是清爽的风。在这里，我得到了文学的启蒙，《沙家浜》，我永远记得它。天黑了，爸爸才有时间坐下来，在满天星斗的田野上，爸爸和他的朋友们围坐在一起说《沙家浜》，唱《沙家浜》。我最喜欢《沙家浜》"智斗"中阿庆嫂在最后唱的那段，那一字一句，那一招一式，当扮阿庆嫂的汤老师唱到那里，我就会情不自禁地跟着轻轻唱："……垒起七星灶，铜壶煮三江。摆开八仙桌，招待十六方。来的都是客，全凭嘴一张。相逢开口笑，过后不思量。人一走，茶就凉。有什么周祥不周祥。"

第二辑

莲花岛上

香香猪

虽然还有点冷，但是马上就要春季开学了。小阿莲这几天总在割草，因为羊妈妈新生了小羊，不能到外面去吃草，只能待在大草棚里，所以她要为羊妈妈准备好一些鲜嫩的草。那天，小阿莲割草刚刚回来，她的爸爸给她抱来了一只黑背的小小猪。

"好小啊！"小阿莲惊讶极了，把猪抱在臂弯里问爸爸，"怎么会有这么小的猪啊？"

"这是香香猪，本来就小的，"她的爸爸说得有点急，"好好养着，到秋天吃大闸蟹的时候开个'农家乐'，吸引游客。"说着他就急急忙忙朝外走去了。

"它的背怎么是黑色的呢？"阿莲在后面问。

"香香猪都是这样的。"她爸爸头也不回地说，一会儿就没人影了。

阿莲知道爸爸最近特别忙，他和妈妈不是在蟹苗塘上干活就是在湖里围网那儿干活，即使回家，也是风风火火一会儿就走。那个蟹苗塘是去年夏天新挖的，池塘里的水都是从阳澄湖里抽上来的，爸爸还在塘里种上了很多水草和水花生。去年冬天的时候爸爸就往里面投放了蟹苗。孙伯伯他们家的蟹苗塘里也是一样的，他们都是一起去阳澄湖边那些已经养过蟹的蟹农那里取过经的。为了防止蟹苗逃出去，爸爸妈妈已经在坡上全部铺上了尼龙，这样小蟹苗就爬不上去，只能呆在水里。最开始阿莲去看了几次，一次也没有看见过小蟹。阿莲知道这些小蟹聪明得很，都在水草和水花生里躲得好好的。爸爸说，刚从长江口买来的蟹苗很小，像芝麻一样，每斤要七八万只，放在岛上的蟹苗塘里养殖一段时间后，等蟹苗长大了就可以放进阳澄湖围网里的网中网野生放养了。阿莲知道，到时候爸爸妈妈会更忙。

香香猪很干净，阿莲很喜欢地抱着。

"你喜欢哪里，我帮你做个窝。"小阿莲把香香猪放在地上，看它往哪里去。

香香猪跑到了羊圈那里。

"不行，"阿莲抱起香香猪说，"你会被王子不小心踩到的，你是不知道，王子走路不看脚下，总是昂着头。"王子是她对羊爸爸的昵称，它除了粗心大意，几乎没有什么坏毛病。没有坏脾气，又很帅，在小阿莲眼里，它具备王子的很多条件。她知道有的王子也粗心大意的。何况它只是一只羊，粗心一点也没什么。羊爸爸是王子，那么羊妈妈就是公主。它聪明，美丽，完全称得上是公主。

她从泥墙上抱了一些稻草，把稻草铺在鸡窝边给香香猪做了一个窝。"香香！"阿莲喊道。没想到香香猪居然又跑到了羊圈旁边，听到小主人的喊声，正诧异地望着小阿莲呢。

"过来，香香。"阿莲朝香香猪招招手说，"过来，到这儿来。"

香香猪一扭头，好像在说："就不。"

阿莲只好把稻草窝重新铺到香香猪喜欢待的地方。

阿莲把香香猪抱到稻草窝里，抚摸着它说："好吧，香香，我知道，你可能喜欢和小羊们待在一起是吧，那就睡这里吧。"香香猪好像很听话，眨巴着黑眼睛，一动不动地卧在稻草上。

阿莲把香香猪安顿好后就挎起篮子出云割草。走出去几步她忽然想，要不要把香香猪一起带出去呢？这样想着，她折回来，把香香猪抱在臂弯里往田野里走去。

她没有往牛王那里去。

牛王是他们家的一头牛，因为它力气特别大，所以大家都叫它牛王。牛王虽然年纪已经很大了，但是它的力气好像还是那样大。而且从来不生病。妈妈说，这是因为它平时吃的都是草药之类的，所以身体才会这么好。这个岛上真的是有草药的，而且到处是。如果你蹲下来，在一小块地方就能找到好多的。因为现在还有点冷，很多草还枯着，但是要不了多久，那枯草就会不见了，田野空地上都会铺上绿色的小草，厚厚的，像地毯一样，赤脚踩上去，能感觉到草的冰凉正被太阳的热量一点点温暖。荠菜现在已经是有了，但是还没有开花，它们还很小，密密麻麻地挤满了湖边的荒草地。猫眼草好像最不怕冷，这里那里早有了，它们和浆麦草、三叶草、冰草等等哪个先出现？或许它们是同时在哪阵春风里出现的？这个有时候连阿莲也有点搞不清了。猫眼草是一种中草药，它的茎叶里有浓得像牛奶一样的白色汁液，最早的时候，小阿莲以为那一定是一种营养的草，但是妈妈说，田野里这种流白色汁液的家伙还是少碰为妙，因为大多数流白色汁液的草都带毒，汁液越多毒性越大。听到这个，小阿莲惊恐极了，问妈妈是不是真的都有毒，妈妈说，她也是听说，具体还不知道。后来，小阿莲就对这种流白色汁液的猫眼草敬而远之了。她可不想让她的牲畜吃那带毒性的草药。不过有一种野猪人参虽然也有白色汁液流出来，但是那汁液比较少，小阿莲也问过奶奶，奶奶说，野猪人参没事，对牲畜来说，野猪人参还是一种特别营养的草呢。想想也是，以前这岛上的草牲畜都吃，吃了都没事，唉，真的有点搞不清了。于是小阿莲想，长大了一定要好好搞清楚这些草到底是怎么回事，为什么有的草可以治病，这里面到底是怎么回事。如果仔细找，婆婆那、马兰花、车前草等等，那些草已经在枯草里有了星星点点的影子，但是繁缕、毛茛、凹头苋以及小飞蓬等等还没有。如果等到那些草长出来，田野上就更热闹了。

小阿莲把香香猪放在身边，自己赶紧割草。她要割完草才到牛王那儿去，顺便把牛王带回来。其实牛王很聪明的，如果阿莲不去那里割草，不去带它回来，它最后自己也会走回来，很多时候，它会在昏黄的暮色里踱着四方步慢慢悠悠地走回来。要是有人在路上遇见它，就会很高兴地领它回家。不知为什么，岛上的人都喜欢牛王。也许是因为这是岛上唯一一头牛的缘故吧。本来，在这座小岛还没有被外面的游客知道以前，不少人家都有牛。这座岛是这样的，它四面是湖。这是一个非常非常大的湖，名字叫阳澄湖。他们在阳澄湖的最北端。因为这座岛在湖中形似一朵盛开的莲花，因此得名"莲花岛"。岛上都是农民，每家都有一点地。平时每家都是靠种地和捕鱼过日子。岛上都是原住民，没有外来的人家，一共大约有200来户。这个岛上虽然没有汽车，没有摩托车，更没有工厂，但是很宁静。岛上没有学校，没有商店，他们出岛都靠船。每家都有船。最开始是木船，后来有了机帆船，再后来是小汽艇。因此每家的河岸边都会有好几条船。后来不知怎么回事，岛上三天两头有城里人来参观，后来小阿莲才知道，那是城里人到他们岛上旅游来了。那阵子，这座小岛上的人们都惊奇极了，天天晚上聚在一起谈这件事。后来孙伯伯家开始留客人在他们家吃饭，还开着小汽艇带他们到湖上兜风，这一来一去，就赚到钱了。那阵子，岛上的人们都睡不着，天天琢磨着怎么留客人在自己家吃饭。就在这时，孙伯伯开出来了"农家乐"。这不就是小饭店吗？于是岛上的人再也安静不下来了，一夜之间竟然开出来好几家"农家乐"。有的还到码头接客人。也就是在那时，有好多人家渐渐地不种地了。不种地了，他们的牛就没有用了，后来岛上的牛一只一只没有了，最后只剩下小阿莲家的牛王没有卖掉。虽然是牛王，但是也可能是牛妈妈的缘故，它的脾气好极了，看它总是慢里斯条走路的样子就知道了。但是它干活起来力气特别大，翻了自家的地，还去帮别人家翻地。这好几年牛王还真帮不少人家翻过地呢。

去年春天，阳澄湖里有人开始养大闸蟹了，养蟹风刮进了莲花岛，孙伯伯和小阿莲的爸爸他们好几十个人就承包了周边阳澄湖水域进行大闸蟹养殖。在大湖里养蟹，那个本钱非常大，要把养蟹的水域用网整个地围起来，旁边还要用毛竹隔断。但是因为小蟹苗不可以直接放进湖里，所以要在岛上的池塘里养一阵子，才能再放到湖里的网中网里进行野生放养。

在挖蟹苗塘的那些日子里，牛王真的是大干了一场。虽然蟹苗塘不需要挖太深，但是没有牛王的帮忙那是很难完成的。爸爸先让牛王把地犁一下，牛王走过的身后就有一大条一大条的泥土被翻起来了，爸爸就把土装在小推车上，然后让牛王把装满土的小推车拉上田埂上堆起来，变成堤岸。那阵子牛王每天都累得呼哧呼哧的，但是睡一觉，第二天牛王就又是牛王了，它好像永远没有累的那一天。

现在田野上最多的是那种长得很像小麦苗的草，例如野燕麦、雀麦、节节麦、看麦娘、稗草等，这些草浓绿浓绿的，还那么嫩，牲畜最爱吃了，小阿莲从来没有把它们看成是杂草，如果它们长到麦田里去，那么就会被大人们当作杂草除掉，如果长在地头就没人管它们了。这多好。

香香猪躺在绿绿的野燕麦上睡觉，草被它轻轻地压平了一小片。它吃了红酢浆草，连酢浆草开的黄色小花朵都吃掉了。那是一种叶子很像草头金花菜的一种草，有点酸味的，小阿莲尝过。她很高兴，没想到香香猪还爱吃这个。

"喂，香香。"阿莲拍拍它的黑黑的背，抚摸着说，"我们要走啦。"

香香猪猛地睁开眼睛，定定地想了想，然后一骨碌爬了起来。

"我们先到王子那里去，"小阿莲抱起香香猪，告诉它，"然后再去看牛王。"

王子在阳澄湖边一个低洼地里，用绳子牵在一根木桩那儿，那根绳子放得很长，这样可以尽量让它吃得远一点。阳澄湖边这样的低洼地很多，那里的草特别好，绿油油的，都是野燕麦、雀麦、节节麦等等那种，好像是专门为王子它们准备在那里的，小阿莲要做的就是给它们去换换地方而已。听到王子的叫声了。它特别灵，每次阿莲去看它，即使它在很低的洼地里，并没有看到她，但是它也会知道她来了。

"王子。"她抱抱它，然后解下绳头，把绳子卷起来挂在它的脖子上，然后带着它朝牛王走去。

田野上暮色慢慢地上来了。牛王远远地看到小阿莲来了，就朝她走来了。不知为什么，牛王今天看上去很高兴，小跑了几步，平时很少看到它小跑的。"看到没有，"小阿莲给它看香香猪，"这是香香猪，以后也是你朋友啦。"然后小阿莲带着牛王它们一路回家去。

大草棚

不知为什么，小阿莲觉得吃撑腰糕在妈妈心里是一件很重要的事情，她在几天前就备好了糯米粉，说是二月二做撑腰糕用的。糯米粉放在案板上，散发出一种粉香，那是一种很诱人的香味。香香猪第一次走进他们的小院，就直接到了那放糯米粉的桌案下面，而且不肯走开。妈妈说，它是闻到了糯米粉的香味。没想到，香香猪去过一次厨房后就一直要跑到厨房去。后来妈妈只好把糯米粉藏了起来，可是居然又被它找到了藏糯米粉的地方。

二月二终于到了。那天早上，小阿莲在她小楼上的房间里就闻到了那一年之中很少可以闻到的那种香甜的味道。她很快起床了。

因为爸爸每天出门都很早，所以妈妈每天总是早早就要做好早饭，爸爸匆匆吃了就出门，有时候来不及在家里吃，妈妈就给他装在饭盒里带去吃。今天很特别，妈妈不但煮了粥，还做了一大盘撑腰糕。因为今天是二月二嘛。而且，爸爸也好像安安心心地留在家里吃早饭。

"妈妈，"小阿莲一边把薄薄的粘着糖的滑溜溜的撑腰糕夹进碗里，一边笑嘻嘻地问，"为什么今天要吃撑腰糕呢？"这个问题她好像年年要问，可是好像年年记不住。这糕实在是太香甜了，放进粥里，碗里那一小片粥都变得甜了。真好吃。平常的时候，妈妈有时间了，也会做这个，但是那不叫撑腰糕。而且平时吃这糕绝对没有二月二这天的糕好吃。每年只有二月二这天吃的糕才叫撑腰糕，这个在小阿莲心里早就打上了深深的烙印，她冥冥中已经知道，等她自己长大了，也会像妈妈一样，年年在二月二这一天给她的家人用糯米粉做撑腰糕。

她确信，妈妈这做撑腰糕的本事一定也是从外婆那里学来的。小阿莲的外婆住在与莲花岛遥遥相望的"美人腿"。美人腿也是坐落在湖中的一个岛，只不过它的形状像一条美人的腿伸入湖中，因此得了美人腿的名称。

"这是老祖宗传下来的，"她妈妈笑着说，"二月二吃了撑腰糕就不会腰疼了。"

"怎么会呢？"小阿莲眨着眼睛问。

"你看，这糕看着像什么？"妈妈笑眯眯地说，"像不像人腰？以前农民一年到头在天地里劳作，他们认为吃了这种糕，才能再黄梅季节里干活时腰杆不酸痛，所以叫撑腰糕。"

真的有用吗？小阿莲想这样问。但是她想了想还是没问。怎么会呢，吃了这糕就不会腰疼？那老祖宗为什么会这么想呢？而且还把这个习俗传下来，这里面一定有他们的想法。

小阿莲盯着爸爸看。爸爸"稀里哗啦"喝着粥，津津有味地吃着甜甜的撑腰糕，那陶醉的样子仿佛像个孩童。

"爸爸，您小时候吃过撑腰糕吗？"她忽然问。

"吃过啊，"她爸爸抬起头来说，然后他笑着摇摇头说，"好像只是尝过。"

"哦。"小阿莲点点头。她记得奶奶说过，那时候家里穷，吃的东西自然少。

"但是年年二月二吃撑腰糕的。"爸爸笑着说。

小阿莲和妈妈都笑了。看到妈妈笑，小阿莲觉得真高兴，但是不知为什么，当她看到妈妈眼角堆起来的鱼尾纹时，心里不知不觉涌上来一股心疼的感觉。她觉得爸爸妈妈都太辛苦了。

一会儿，爸爸吃完了。今天，他没有像大多数时候一样吃完就急着出门，而是坐在那里，非常高兴地问："你们要带什么？"

"爸爸，您要到镇上去？"小阿莲欣喜地问。

"去剃头，"爸爸笑着说，"二月二，龙抬头。去剃个头。"

小阿莲笑了起来，"二月二，剃龙头"，那是小孩子们的事情啊！

她爸爸也笑了，对小阿莲说："二月二是个好日子，再过五天，爸爸就要放蟹苗了。"

"真的？"小阿莲吃惊地问。

"是真的。"爸爸认真地说。"你好好把香香猪养大，到时候我们家也办个'农家乐'。"

正说着，就听到香香猪跑进院子的声音。它径直来到他们吃饭的客厅。小阿莲赶紧把它抱在怀里。

"它真的能把客人吸引过来吗？"小阿莲抚摸着香香猪问。

"当然能，"爸爸一边说一边准备出门的东西，"城里人喜欢这个。"

小阿莲觉得他们岛上什么都好，就是到镇上去有点不方便。但是他们也习惯了，要出门，走下河滩，开上小汽艇就走。当然啦，他们小孩子出岛，那是要家长护送的。

一会儿，小阿莲的爸爸就走了，小阿莲和香香猪站在河滩上望着那蓝色的小汽艇在渔港里越去越远。

小渔港东西走向，两头都通往阳澄湖，全村人沿着这条渔港居住。两岸由几座桥相连。住在南岸的，开门就是白茫茫的阳澄湖。住在北岸的，开门就会看见一河滩暖暖的阳光，以及那风平浪静的渔港，而屋后呢，家家户户都有一小片树林和一片不小的菜地，有几户还和小阿莲家一样，有一个大草棚呢。

"知道吗，香香，到时候我爸爸会办一个'农家乐'，就是留客人吃饭的地方。"小阿莲蹲下来和香香猪说话。"我们这边会有很多客人来旅游，他们喜欢吃我们的农家菜，到时，你就站在这儿迎接客人。客人看见你，就会争着上我们家来吃饭。如果我正好放学，那我就帮妈妈端菜。你呢，就站在这儿迎接客人。"

香香猪对小阿莲一个劲地眨眼睛。

"哦，你是说现在怎么还没有客人对吗？"小阿莲说。"现在还很冷，城里人还不会出门。再说现在湖上风太大，到了春天，城里人就会一批一批地来。好啦，到时候他们来了你就看到啦。现在我要去干活啦。"

于是小阿莲和香香猪一起朝大草棚走去。

牛王早就自己出去了。它会自己到湖边荒地上寻草吃。在这个家里，小阿莲的妈妈每天总是起床最早，她起床后做的第一件事就是把大草棚的门打开。因为牛王天一亮就要到田里去的。小阿莲一直想不通，牛王为什么天一亮就要到田野上去呢？那边现在又没有庄稼，都挖成蟹苗池了，小阿莲忽然想，难道它总是一早就到田野上去就是想去干活？牛王会不会纳闷，为什么以前老在那里干活的田地都变成了池塘？它会纳闷，以后到底要不要它耕地了？她想，它一定会在那里想那些问题的。

鸭子出去也早的，现在这个时候早在阳澄湖上不见影子了。它们要到晚上才会回来。鸡妈妈芦花正在孵蛋。白玫瑰和露丝早就跟着小公鸡到小树林里找虫子吃了。小阿莲要给鸡妈妈喂食了。她把香香放在草地上，让它自己到一边儿玩去。

阿莲在地上撒上麦子，又舀了一碗水放在那里，然后她走进大草棚。

"芦花，芦花，"她轻轻呼唤一心一意蹲在草窝里孵蛋的鸡妈妈，"出来吧。"

以前小阿莲喂食的时候芦花会自己跳出来奔向那碗水和撒在地上的食物，但是今天它蹲在窝里无动于衷，好像根本没听到。小阿莲只能动手把它抱出来。当小阿莲抱起芦花，感觉芦花像一只鸟一样没有重量。她惊讶极了，不知道芦花怎么会变得那么轻的。她把芦花放在地上，芦花摇摇晃晃地站了几次终于站稳了。它好像不会走了，在地上扑棱到喝水的地方，然后一口一口喝水。虽然它的羽毛看上去比没孵蛋前还多，还蓬松，但是那乱糟糟的羽毛根本就不是孵蛋前的样子了。小阿莲很心疼芦花，她想芦花一定是一天到晚孵蛋太辛苦了。

羊爸爸王子已经吵得不行了，它要出去了，虽然羊妈妈和两只小羊也在叫，但是它们还太小，不能出去。

"乖乖地在家里，好吗？"小阿莲抱了抱两只小羊说着，"过几天就带你们出去，知道吗？"然后她拿上篮子，解下拴住王子的绳子，带着王子朝田野上走去。至于香香猪呢，小阿莲知道不用去管它，它聪明着呢，不管她去那儿，总能被它找到。现在正不远不近地跟着呢。

阿莲不知道是羊爸爸王子的鼻子灵一点，还是香香猪的鼻子灵一点，它觉得每次带王子出去，都不是王子跟她走，而是她跟着王子走。今天又是这样，王子兴冲冲往前走，阿莲只能跟着它。果然，王子带着阿莲来到了湖边一个雀麦草很多的洼地。"好，你喜欢吃这个对吧，好吧，就这儿吧。"阿莲说着就把绳子放得长长的，绳头在草上打个结，这样王子就可以吃到很大范围的雀麦草了。阿莲忽然想，王子这么喜欢吃雀麦草，那公主一定也爱吃这个。想到这里，她很兴奋，向四处张望，忽然她看到离王子不远处也有一大片浓绿浓绿的草。看颜色就知道草很多。奔过去一看，真的是雀麦草。这种雀麦草割掉了嫩头，很快就会有新的嫩头长出来的。这一点阿莲非常清楚，所以她想，今天她要把这一片嫩草都割下来。因为明天就要上学去了，她得为羊妈妈多准备一点草。

阿莲蹲下去割草，她自己也不知道怎么了，感觉有使不完的劲，竟然一口气割下一大片雀麦草来。她还不想停，还在那里割。就这样，她把这一片雀麦草全割完了。看着这一大堆割下来的草，阿莲马上有了一个主意，她要让牛王来帮她运回去。想到这个，她快乐得真要飞起来了。她马上跑回去拿爸爸装粮食的大袋子，再拿上绳子，然后她把牛王领到要干活的地方。她把割下来的草装进袋子，一袋一袋地装了排在那里，居然有一大排。她像爸爸干活时一样，把袋子两袋两袋扎在一起，一共有六袋。可是怎么把这些袋子弄上牛王高高的背呢？小阿莲犯难了。她在干活时，牛王一直在一眼不眨地看，现在看到小阿莲在发愣，就先两条前腿跪下去，然后两条后腿也蹲下去，它卧在那里，等待着为它的小主人干活。小阿莲惊讶地望着牛王，她简直不能相信，牛王会这么聪明。小阿莲好像忽然来了神来之力，把装满雀麦草的袋子拖上了牛王的背。

"好了，站起来吧！"她拍拍牛王的脖颈，亲切地告诉它。"站起来吧！"

牛王犹豫了一下，然后先把后腿站起来，然后再站前腿，它站起来了。它站在那儿，低头确认了一下那些袋子没有掉下来。然后它开始干活了。

牛王迈开脚步，四平八稳地朝家里走去。

"香香，我们快走！"小阿莲说着连忙跟上。

放蟹苗

放蟹苗的前一个晚上，孙伯伯来和小阿莲的爸爸喝酒，他们在一起商量第二天放蟹苗的事情。小阿莲眨着大眼睛静静地听大人们说话。爸爸在湖上搭好小竹楼后带她去看过他们家的围网，很大。爸爸说有三十亩水面。但是湖面上风浪很大，虽然围网四周都有粗大的毛竹固定，但是浪打来，围网还是会涌动的。除了有外面的围网，在围网中间还有一个小网，这就是爸爸说的网中网。爸爸说，外面的网围起来的区域是大闸蟹野生放养的场所，中间的网围起来的是幼蟹的蟹苗的野生放养场所。中间的网网格更细，幼蟹放养在那里比较安全。爸爸说，到时候幼蟹在小网中放养一个月后就可以把他们放到大网围着的区域进行野生放养，大闸蟹会在那里一直待到金秋十月吃蟹的时候。

妈妈给爸爸和孙伯伯炒菜。他们两个就一边喝酒，一边说放蟹苗的事情。

孙伯伯说："二月中旬放蟹苗最好。因为气温低，蟹苗不容易受热，或者受别的损伤。成活率会高一些。"

"嗯，"爸爸点点头说，"我也这样认为。气温低，蟹苗的成活率可以保证。"

"那我们确定明天放苗。"孙伯伯很高兴地抿了一口酒，看着爸爸说。

"好。确定明天放。"爸爸点点头说着，也像孙伯伯抿了一口酒。

"你的蟹苗达到什么规格？"孙伯伯问。

"每斤30只左右。"爸爸说，"今天我连续打了几次样，基本上都是这个数字。"

"哦，那不错了。"孙伯伯说。"我的可能比不上你。你的苗管理得比我好。"

"你打样下来怎么样？"爸爸很关心地问。

"每斤30只也有，31只也有，"孙伯伯说，"比你的规格可能要小一点。不过，放到网中网养是绝对没问题的。"

"哦，那就好。"爸爸说。"真想不到，去年冬天刚从长江口买回来时每斤七八万只，几个月光景，就长到每斤三十只左右，真是不容易的。"

"是啊，"孙伯伯说，"这次我们村拿的苗全部是中华绒螯蟹，大家都想打出大闸蟹的牌子，为自己找出一条出路。"

"对，我们不能砸了自己的牌子。"

"嗯。"孙伯伯说。"这样，明天你上午放蟹苗，到时候我会来的。我下午放。这样大家也好有个相互照应和商量。你检查过围网了吗？"

"检查过了。大网小网都检查过了。"

"那就好。"

他们两个碰了碰杯把酒喝完，小阿莲看到他们喝完酒了就赶紧给他们盛饭。他们高高兴兴地吃完了饭。妈妈给他们每人泡了杯茶。

"文斌，"临走的时候孙伯伯叮嘱爸爸，"你的围网在头里，顶着风浪，竹桩一定要牢固。"

爸爸点点头说："知道，我会不时检查的。"

孙伯伯又站住了说："养蟹不是一件轻松的事。除了胆大，还要心细。绝不能粗枝大叶。"

"嗯，是的。"爸爸很感激地说。

小阿莲很喜欢爸爸的小竹楼。从小竹楼下来，四周围是竹栈道，那是爸爸要在上面给蟹苗喂食的路。在上面走来走去会感到害怕，因为那竹栈道会随着波浪的涌动而摇晃。那里每家每户都有一座和爸爸的小竹楼差不多的小竹楼，远远望去，就像一座四通八达的游乐场。

第二天早上，爸爸一早就把捕捉蟹苗的抄网，以及网兜啥的都准备好了。妈妈还兑换好了一种叫高锰酸钾的药水，这是给蟹苗洗澡用的，其实是给它们消毒一下。孙伯伯来了。孙伯伯一来，爸爸就和孙伯伯换上潜水裤，下到蟹苗塘里。

爸爸把抄网轻轻地伸到水花生下面，孙伯伯用大手轻轻翻动水花生，等了等，爸爸就轻轻地抽出抄网，举高，抄网里面是密密麻麻的蟹苗。孙伯伯赶紧把一个大塑料盆准备好，爸爸就很快地把蟹苗倒进大塑料盆。那些小蟹色泽艳润极了，它们在盆里略一迟疑，就立刻朝四处爬，爬起来快极了，每一只小蟹都在盆四周欢爬，那样子简直称得上是一群行动敏捷的小将。可以眼看着密密麻麻的小蟹拥到盆边开始朝盆外面逃窜了，孙伯伯马上端起盆，轻轻晃了晃，随后朝妈妈早就准备在那里的铁皮桶里一倒，盆里所有的小蟹都在那铁皮桶里了。那铁皮桶下面套着网袋，"呼"的一声抽掉铁皮桶，小蟹们就都在网袋里了，妈妈顺势扎紧，小蟹们在网袋里就动弹不得了。妈妈把网袋放进有淡红色药液的木桶里消毒。只能消毒一会儿。在药液里浸过的蟹苗被放在一边，然后妈妈将铁皮桶伸进空网袋，随时准备着孙伯伯将蟹苗倒进来。

这件事因为太重要了，不能出一点点差错，也因为小阿莲太小，插不上手，所以她只能在那儿看。现在已经换了孙伯伯在抄网，爸爸在倒蟹苗。孙伯伯干这活时笑嘻嘻的，看着好像没爸爸干这活时累，当然啦，孙伯伯人高马大，力气大，抄网这活在他那里是一件不费吹灰之力的事情。而且孙伯伯从小就和渔网啥的打交道，熟悉那些工具，所以用起来得心应手。而爸爸是在外面读了书的，是读了书回来再干这个的。

一开始看着有点慢，蟹苗一袋一袋积存在那里，但是不知不觉的，蟹苗越积越多，竟然有了一大堆。在孙伯伯和爸爸从蟹苗塘里上来的时候，妈妈已经将网袋里的蟹苗整整齐齐地排列在板车上了。事情在紧锣密鼓地进行。看得出来爸爸也很紧张，平时的说说笑笑也没有了。放蟹苗那可是一件重大的事情哦。

蟹苗运到河滩上就被他们一袋袋装上了小汽艇，大家检查了一下要带上的东西，准备开船了。小阿莲傻傻站在岸上，眼睛紧紧地盯着那些被扎紧在网袋中的小蟹们。有的小蟹在吐着泡泡呢。

一会儿，小汽艇在河道里转个弯朝东开去，那蓝色的小汽艇的影子很快就消失在渔港尽头。

香香猪和小阿莲一样还在傻傻地望着那个蓝色已经消失的地方。过了许久，香香猪才和小阿莲一样回过神来，它望一眼小阿莲，然后吻了吻她的红布鞋。这是小阿莲的外婆去年夏天给她做的，穿到今年快穿不下了，妈妈说她的脚长得快。要不是小阿莲一直穿着这鞋在田野上走，把鞋挤大了，今年开春以后还真穿不上了。可是这是一双多么结实又漂亮的鞋啊，而且是外婆做的，小阿莲喜欢这双鞋。从她记事起，她记得外婆每年都会给她做鞋。单鞋、棉鞋，每一双都是那样好，小阿莲还喜欢把外婆做的鞋穿到学校去呢。

香香猪忽然想起来一件事似的，咬咬小阿莲的裤脚就往大草棚跑去。

"怎么了，香香？"小阿莲急忙跟着香香猪跑。

香香猪跑进大草棚，小阿莲马上跟了进去。

香香猪跑到芦花妈妈孵蛋的地方傻眼了，小阿莲也傻眼了，芦花和那些已经孵出和还没有孵出的小鸡都不见了。早上给芦花喂食的时候，还有五只小鸡没有出壳呢。它们到哪里去了呢？

香香猪一扭头朝外面跑去。

哈，在那儿呢，它们在树林里呢！香香猪快活地朝芦花妈妈和它的小鸡们跑去。

小阿莲也向芦花妈妈和它的小鸡们跑去。真好，全部的小鸡都在呢，小阿莲急忙数了一下，24只，一只都不缺。原来在他们干活的时候剩下的几只没出壳的小鸡都出壳了，小鸡们一出壳，芦花就把它的宝贝们带出来了。

小阿莲急忙回身往家里跑，她要给小鸡们拿水和食物。妈妈说，新出壳的小鸡要先给它们喂凉白开。香香猪不知道是怎么回事，也跟着她跑。小鸡们吃的食物是在水里泡过的碎米。小阿莲拿了水和食物就往大草棚走。

"芦花！芦花！"小阿莲招呼芦花妈妈。

芦花妈妈一听到喊它就急急忙忙带着小鸡们向喂食的地方走来。小鸡们簇拥着它们的妈妈叽叽喳喳地来了。小鸡们真聪明，都尖着眼睛找水盆。眨眼间，几个水盆边都围满了小鸡。小鸡们喝水很好玩，伸出脖子把嘴放得最低，喝到水后并不咽下去，而是把嘴高高地抬起来，咂着舌，一边咂舌，一边把水咽下去，然后继续刚才的动作。这些都是芦花妈妈教它们的。它们还真是学得好。小鸡们喝了水，然后芦花妈妈带它们到干净的食台上吃碎米。

"这样。"芦花咕咕叫着，好像在对着围在身边的小鸡们说，然后它很秀气地伸出嘴，啄住一粒碎米，一扬脖子，"咕嘟"，碎米咽下去了。

小鸡们看见了都沸腾起来了，纷纷伸出小嘴在那里啄。小阿莲很有趣地看着它们。她发现即使芦花妈妈已经教过怎么啄住碎米了，但是还是有许多小鸡啄不住碎米，便着急地叫唤，它们越是着急，越啄不住，唉，真是有趣。

小阿莲转身走进大草棚。她要给芦花妈妈换上干净的窝。她把芦花妈妈和小鸡们的窝用铲子铲进箩筐，然后把箩筐拖到发酵池那边，倒进去。妈妈平时种菜就用这里的肥料。里面都是牲畜的粪和干草，以及树叶等等。这些粪和干草等等经过腐熟就可以用来做肥料，种菜种树都用得着。小阿莲又返回大草棚认真地把地打扫干净，然后重新给芦花和小鸡们铺上了新的干草。这些干草是去年秋天割下的，什么草都有，野燕麦草、节节麦、狗尾草等等，当然也有特别香甜的牲畜都爱吃的牛筋草等等，秋天的太阳一点也不比夏天的太阳差，也是辣得要命，这些草就是在那火辣辣的太阳下晒干的。晒干了，一捆一捆捆好，堆放在大草棚半人高的泥墙上和草料架上存起来，冬天的时候就一捆一捆拿下来喂牲畜，或者给它们铺在窝里。

香香猪现在不怎么喜欢睡在羊圈旁边了，它给自己重新找了个睡觉的地方，那就是草料架下面。上面的草料早吃干净了，那在冬天时围了一圈的草料现在也剩下的不多了。天气特别寒冷，或者天气不好时，他们就给牲畜喂这些草料，平时是不舍得喂的。这个大草棚是几年前爸爸请了村里很多人一起来帮忙才搭成的。搭了好几天。搭之前爸爸让牛王拉了一大堆黄泥，那是一种遇水会变得很黏的土，做泥墙一定要用那种土的。爸爸先是请人一起帮忙用毛竹搭大草棚，第二天就盖屋顶了。盖屋顶用的是稻草，那需要很多人编稻草，把稻草一小把一小把地编在一起，然后把编好的稻草一层一层在屋棚上面铺开来。同时呢，很多人在下面踩黄泥，那黄泥几天前就掺上了水，大家把裤腿挽得高高的，赤着脚，踩的踩，和泥的和泥，没多久就做成了一块一块大大的泥砖头，然后大家把泥砖密密地围着大草棚的柱子排起来，不留一点空隙。然后排第二圈。排到第三圈的时候，大家都说差不多了，再高，夏天会热，于是就停止做泥砖，大家拿起可以敲打泥墙的东西在泥墙上用力敲打。没多久，一堵歪歪扭扭的泥墙就变成一堵结结实实的泥墙站在那儿了。后来，牲畜们就住上了地势高爽、空气里弥漫着清新的稻草香的大草棚了。

牛王

这天清晨，小阿莲还想再睡一会的时候忽然听到鸟叫声，侧耳细听，是那熟悉的声音："句句句句——句句句句——句句句句——"

是黄鹂鸟！栎树上的黄鹂鸟回来了！

小阿莲立刻下床，下楼后直奔屋后的小树林。啊，看到了，在老地方，那棵栎树的枝头上，黄鹂鸟们回来了。

忽然，她看见牛王被拴在栎树下。她奇怪极了，是谁把牛王拴在栎树上了？小阿莲立刻跑进屋问妈妈。

"妈妈，为什么把牛王拴起来？是谁拴的？"

妈妈正晾衣服，听到阿莲这样问，就一边晾衣服，一边告诉阿莲："我们打算把牛王卖掉了。"

"为什么？"阿莲吃惊地问。

"你看，"妈妈说，"桃花开了，黄鹂鸟也来了，应该是到了春耕的节气了，但是我们现在也不需要耕地了，再说，接下来爸爸妈妈会很忙，没时间照顾家里，所以你爸爸联系了一个买主，准备把牛王卖了。刚刚电话已经来了，那个买主马上就到了。"

"可是——"小阿莲忽然扑到妈妈怀里，差点哭了。

"阿莲,"妈妈抱紧阿莲,抚摸着她柔弱的肩膀说,"爸爸妈妈也舍不得把牛王卖掉,可是我们也舍不得你呀。"

　　"没事,妈妈,我可以的,我可以照顾牛王的。"小阿莲望着妈妈的眼睛恳求说。

　　"阿莲,是这样,"妈妈说,"雨季马上就会到来,那时候爸爸妈妈会很忙,那些日子牛王吃的草怎么办?"

　　"我可以先割好很多草,晒干了,存在草料架上,下雨天牛王不能出去就喂那个草……"

　　"阿莲,"妈妈心疼地看着阿莲说,"况且今年又多了两只小羊,你一个人——"

　　"我一个人行的,妈妈,我真的行的。"

　　正说着,有人在喊:"这是不是林师傅家?"

　　牛贩子来了。开着机帆船来的。到这个岛上来只能开船,因为这个岛与阳澄湖镇没有陆地相连的地方。爸爸还没回来,牛贩子迫不及待地想看看牛王,他径直朝后面的大草棚走去。他把牛牵了过来,系在河边的苦楝树上。他围着牛王贪婪地看着,好像在看他们自家的牛一样。现在苦楝树上还没有树叶,也没有爆芽,树顶上还残留着很多淡了颜色的小果子。那些小果子直到爆芽时才会落尽,它们虽然还在枝头,但是早已闻不到那种带着药香的芬芳了。不知怎的,小阿莲觉得苦楝树的果子是可以闻出一种苦味的。

　　邻居们也过来看牛王。牛王很不开心,它站在那里,头向左转也不是,向右转也不是,眼睛也不知道该朝哪里看,它是那样尴尬地站在苦楝树下。

　　"怎么突然要卖了呢?"

　　"是呀,还真不舍得呢!"

"我是看着牛王长大的。"

邻居们在七嘴八舌地问妈妈。

"是这样，我们忙了以后，这么多牲畜没时间照料，再说阿莲开学以后也没时间割那么多草。我们可以放牛的荒地又不多，我们担心这么重的家务落在阿莲肩上会吃不消……"

这时，河道里突然传来小汽艇开回来的声音，牛王立刻眼睛放光，它看到真的是主人回来了。牛王突然挣扎起来。它从来不这样的。在它还年轻时，那时主人还是小主人，小主人和几个小伙伴同时爬它身上它都没有发火的。"砰"的一声，绳子断了。牛王将拴住它的绳子绷断了。爸爸急忙上岸。牛王小跑着来到主人面前，顿了顿，只见牛王两条前腿跪下来，跪在爸爸跟前。爸爸大吃一惊，两行热泪顿时从他宽大的脸颊上滚落下来。牛王也在流泪。邻居们有的也在抹眼睛。小阿莲早已经泣不成声了。

牛贩子不耐烦了，他说："哎哎哎，到底买不买啊？"

"别卖了吧，"这时候孙伯伯也来了，说，"这样，我把我们湖边的那块荒地让出来，让牛王吃草的地方大一点。"

爸爸抱住牛王，他抚摸着牛王，让牛王起来。

"我们那块荒地也一起给牛王吃草吧，"王阿婆说，"反正我们也不养牛了。"

"还有我们的荒地，"顾伯伯也凑上来说，"还是别卖了吧，我们小时候还一起爬过牛王的背呢！"

爸爸抹着眼睛，一个劲地点头。

牛贩子看着眼前的情景，摇摇头，很不高兴地上了船。他知道这个买卖做不成了。

小阿莲"噗嗤"笑了。她跑到牛王跟前，摸摸它的大弯角，又摸摸它的粗脖颈，还对着它的大眼睛看。她看到牛王也笑了。

远远的，一轮红日从东面的湖上升起来了。暖暖的。牛王转身朝大弄塘后面的大草棚走去，谁都知道，它会像往常一样自个儿朝那片荒草地走去。

"唉，我也时常想起小东，要是换到现在，也不会卖了，就养着它。"王阿婆说。"到底这么多年，也有了感情。"

"我没记错的话，牛王也该25岁了吧？"顾阿婆算了算说。"是该25岁了。"

"也该是，文斌也说过。"妈妈说。

"这牛王就像个懂事的孩子，这几年也不吃我们荒地上的草。"王阿婆说。

"有时候会吃一点。"妈妈不好意思地说。

"没事，反正这两年我们又没有牛。"王阿婆说，"这样，小月，以后我们的荒地就让出来给牛王当草场吧，这样你们也省心一点。"

"我们的草场也让出来。"顾阿婆说。"正好，我们三家的草场都在一起，牛王在那里轮流着吃就没问题了。"

"谢谢！"妈妈很舒心地笑着，连连对阿婆们说，"谢谢你们！你们把草场让我们牛王随便吃，这是我们家牛王的福气。"

"我看，干脆把那块地叫做'牛王的福地'好了。"孙伯伯和爸爸在屋里说完养蟹的事情出来时笑着说，"我们的那块地也算在内。"

听到这个，小阿莲笑得嘴也合不拢了。大家也都笑了。

"听到了吗，阿莲，"孙伯伯走的时候大声告诉阿莲，"以后把小羊也放在那里。"

"'牛王的福地'，"孙伯伯和伯伯一起走下船，他大声问岸上，"这名字是不是取得很好？"

小羊们还不会吃草，但是它们也会伸出粉红色的舌头舔草尖。小阿莲从不把它们两个拴起来，因为她发现它们两个从不跑远，她只要把羊妈妈拴上，或者把羊爸爸拴上就行了。它们是相亲相爱的一家人，平时总在一起的。

小阿莲在湖边割草的时候，香香猪找来了。现在阿莲已经看不住它了，再说它现在也不用看着，也不用喂，它自己会跑进野草丛中找自己喜欢吃的草。它也会吃草丛中的花朵，不过这里的花朵一般都很小，大多数时候它会没耐心吃。它大概吃饱了，来了就舒服地躺在那里睡觉。看它不时闪动的尖耳朵，也可以知道它随时注意着她的一举一动。不过，只一会儿，阿莲就看到它的耳朵不闪了，还听到了"呼呼"的声音。小家伙睡着啦。这小家伙聪明得很，它知道小主人会在这里割很长时间草。现在，小阿莲割了草也不拿回去，她要等这些草晒干了再收回去，放在大草棚的草料架上，雨天就可以给牲畜们喂这个。有时候也拿这干草给牲畜们做窝。它们都爱闻这干草的清香。每次给它们换了新窝，它们会在新窝里"窸窸窣窣"折腾半天，它们会兴奋地把干草衔到这边衔到那边，直到把新窝铺展得服服帖帖了，然后才美美地躺在那里睡觉。

阿莲快割完草的时候，发现香香猪醒了，它睁开眼睛朝阿莲看了看，然后身体一挺就翻身起来了，它迈着四条细腿来到阿莲身边。

"睡醒了？"阿莲蹲下来看着它黑黑的眼睛说。她觉得香香猪黑黑的眼睛周边粉色的眼圈很好看，看着真的像个公主。

今天割的草里边看麦娘多一点，这是一种牛王喜欢吃的草，晒成干草牛更喜欢吃。这种草长在麦田里农民们把它们当杂草，但是长在荒地里却是牛喜欢吃的草料。这种草叶子多，长得能有麦子一样高。但是不知为什么，羊却不太喜欢吃。

香香猪朝牛王走去。它好像知道小主人的想法似的，自信满满地带着阿莲朝牛王那儿走去。

"哎哎，听你的还是听我的？"小阿莲一边说一边笑着跑上去。

望不到牛王高高的身影，阿莲知道，这时候牛王不是卧着休息，就是在反刍。牛和羊它们总是这样，一有空就会卧着休息，或者反刍，阿莲觉得牲畜们都很会照顾自己。牛王远远地看到小阿莲来了，它站了起来，欢快地甩着尾巴。

"牛王！"小阿莲亲切地抱着牛王的脖颈说，"你好吗？"

牛王忽然两条前腿一弯，它卧了下去，把一只脚举起来给小阿莲看。

"怎么了？"阿莲摸着它坚硬的蹄子问。

它把脚掌翻起来给小阿莲看。

"小石子？"小阿莲惊讶地望着牛王，原来它的脚掌里嵌进去了一块小石子。它把脚举给她看是为了让她给它取小石子。

阿莲连忙找来小棒，轻轻地拨这块小石子，可是嵌得很深，拨不出来。

"你忍着点，我用力拨。"小阿莲对牛王说。她看到牛王一副一点也不在乎的样子，她就知道，牛王对她很放心。小阿莲用力把小棒在小石子边上插进去，一翘，小石子滚出来了。

"不疼了吧？"她笑嘻嘻地看着牛王问。

牛王也笑嘻嘻地看着她。

"你是在哪儿踩到的？"小阿莲摸着牛王的脚问。

牛王温和地望着她。

"在苦楝树下？"小阿莲心疼地看着牛王说，"那儿有石子，你一定是在那儿踩到了。"

牛王站了起来。

"我们回去吧！"小阿莲拍拍牛王说。不知为什么，虽然牛王身体那么高大结实，但是阿莲看到它，心里总会涌起一种心疼的感觉。至于心疼它什么，阿莲也说不清楚。

　　他们一起到小羊们那儿。两只小羊现在已经有了自己的名字，调皮的那只叫蹦蹦，文静的那只叫文文，羊爸爸和羊妈妈都非常非常爱它们，时时刻刻守护在它们身边。小阿莲今天来给它们换地方时很想不把羊爸爸拴起来，因为她觉得自从有了蹦蹦和文文以后，羊爸爸变得越来越能干，总是能带羊妈妈找到好草吃，羊妈妈和小羊们在休息的时候，它会寸步不离地守护着它们。但是后来想来想去还是把羊爸爸脖颈里的绳子拴在了一棵野燕麦上。明天阿莲不准备把羊妈妈它们带到牛王的福地那里去了，因为她发现在路边已经有密密麻麻的开着蓝色小花的婆婆那等嫩草已经长出来了。婆婆那厚厚的叶子就像一朵一朵花，是羊妈妈喜欢吃的一种草。妈妈说过，那还是一种中草药呢。还有叶子像金花菜、开黄色小花的酢浆草也是羊喜欢吃的，也是一种中草药，不过她知道，那种酢浆草不能多吃，但是那边酢浆草并不是很多。她真的非常想让羊尝尝那些春天新长出来的嫩草。她想羊妈妈和羊爸爸吃到那么鲜嫩的草该是多么开心啊！那条路虽说是大路，却是一条没有机动车开的路，甚至连电瓶车也很少有看到在路上开的。所以小阿莲觉得把羊妈妈一家放牧在那里是没问题的。那里还长着一种叫野猪人参的草，开着小小的黄花，那是猪喜欢吃的一种草。那种草枝叶很瘦，叶片是尖的，花苞多，一年之中能开很好几次花呢。香香猪吃到，以后一定会一直到那儿去找。

燕子来了

　　这星期轮到阿莲的爸爸送他们上学。一共有四个人。除了阿莲，还有阳阳、琴姐姐和荣荣。现在爸爸围网里的蟹苗已经从网中网里放到了有30亩水面的湖里进行野生放养了。爸爸已经开始有点忙了。因为小蟹开始脱壳，而且长得很快，为了掌握小蟹的生长情况，爸爸每天要去围网那儿巡视，还要用地笼网捕一些小蟹，看看小蟹的生长情况怎么样。但是不管再忙，爸爸接送他们上下学的时间他总是会牢牢记得的。阿莲喜欢伙伴们坐上爸爸的小汽艇上下学，因为爸爸的小汽艇很新，很干净；还因为爸爸时不时会问他们："这次考得怎么样呀？"而荣荣的爸爸接送他们的时候从来不问这个。

　　"坐好了吗？"这是每次开船之前，小阿莲的爸爸必定要问的一句话，这天也不例外。

　　"坐好了吗？"他望着他们问。

　　"坐好了。"

　　不管有没有坐好，条件反射一样，每个人都说了这句话，并且快速套上救生衣。

　　汽艇在渔港里一路向西驶去。

"昨晚上好像打雷了。"小阿莲兴奋地说。"可能还下了雨。"

"没有,"阳阳说,"没有下雨。"

"下了,你看,"小阿莲指着爸爸放在旁边的一根小竹竿,说,"上面有小水珠。"

"那是露珠。"荣荣说。

"昨晚上我好像也听到了轰隆隆的声音,不过,那声音好像很远,很轻。"琴姐姐说。

"那是春雷,是吧?"小阿莲说。"我觉得春雷总是在半夜打的。"

"真奇怪,春天怎么会打雷呢?"荣荣问。

"打雷和春天夏天没关系,"阳阳说,"只要大气层中有正电荷的云团和负电荷的云团相遇就打雷咯。不要说春天,就是冬天也有可能。"

"对的。"小阿莲点点头说。

"主要是我们这里空气湿,云就多,对吗?"荣荣说。

"大约是这样吧。"小阿莲点点头说。

他们不一会儿就会驶过"三元府第"那儿了。那是一座状元住的房子,是清朝第一个三元及第状元的居所,但是现在没有人住在那儿。那个状元的名字叫钱棨。他们在船上是看不到那个"三元府第"的地方的。"三元府第"在莲花岛的最南端。庭前除了有碧波万顷的阳澄湖外,湖边还有百亩莲花,所以那个地方也叫"莲花居"。有时候,小阿莲真的不能相信一个这么有名的人曾经也居住在他们的小岛上。虽然现在没有人居住在那里,但是那里的房子在修。

"爸爸,"小阿莲回头望着三元府第那儿问,"他们为什么要修三元府第呢?"

"是为了宣传我们家乡吧。"她的爸爸告诉她。"古时候我们这里称吴地,吴地是一个重文兴教的地方,千百年来,我们吴地出了多少才子，你看不远处的沈周墓。沈周就是有名的大才子。这个三元府第的主人钱棨，他们家族世代讲究孝悌，耕读传家，诗书济世，崇文而尚礼，又非常博学。他是清代第一个三元及第状元。三元及第，那是一件不得了的事情。古代考试分为几种，县试，那是最基础的一个考试。接着还有府试、院试、乡试、会试、殿试等，前三种考试通过了才能称为秀才。哪里想到，钱棨不但考过了，还连夺三个第一。乾隆还为这件事作《三元诗》。这座房子是钱棨的先祖钱震翀因为避战乱，退隐居住而建在这里。"

"为什么他们后院有一个大厅叫鹿鸣厅呢？"小阿莲问。

"这个就不知道了。"她的爸爸笑着说。

他们穿过两座小木桥就出港了，然后小汽艇沿着岛一路向北开。他们的校车就在码头上停靠的。那里还有365路、367路等班车停靠站。放学的时候，他们就在这里等小阿莲的爸爸来接他们。小阿莲喜欢爸爸来接他们，因为和爸爸在一起，总是可以问很多很多问题。

孙伯伯就不是这样，他事情多，总是急急忙忙把他们送走和接走，一路上也不太说话。

那天放学回家，刚上岸，小阿莲忽然看见空中两只黑色的鸟一闪而过，是燕子！她盯住它们。只见那两只燕子斜着身子疾飞，忽然它们一前一后飞进了他们家里。

小阿莲恍然大悟，原来他们家的燕子回来了，真的像书上说的，"燕来还识旧巢泥"。小阿莲跑进屋喊着："妈妈，燕子回来了！妈妈！妈妈！"妈妈不在，可能在屋后做事。前几天她说她秧好的瓜苗快移栽了。她要把空地翻好。她一定在做那个事情。小阿莲站在那里傻傻地看着燕子。燕子把窝筑在客厅里去年筑窝的地方，就是那个墙角。去年冬天的时候妈妈搞卫生时把旧的燕子窝铲掉了。爸爸在墙角又重新加了块木板，这样燕子窝就不容易掉下来。

看得出来，两只燕子也非常高兴，它们在院子里一圈圈地飞，一声声地叫，小阿莲知道，那是它们在表达自己的喜悦之情呢。

"好啦！"小阿莲笑着挥挥手说，"我要去割草啦！"

小阿莲走出家门，两只燕子这才飞走。

已经陆陆续续有客人来莲花岛旅游了，路上不时可以看到游客们匆匆行走的身影，那是他们快要离开了。如果他们在谁家吃的，谁家的小汽艇就会送他们出岛。小阿莲家从来没有人来吃饭，因为他们家还没有把"农家乐"开出来。要是在路上遇到三三两两的游客，小阿莲会脸红。她不是害怕见到陌生人，她只是觉得有点难为情，有点不自在。她觉得现在只要这里的人们一出去，说不定就已经被人盯上了，他们会来看你在做什么，是怎么做的，然后蹲下来问东问西，问一堆很奇怪的问题，还给你拍照。他们对这里的什么都感到有趣。这里不是海岛，只是阳澄湖中的一个小岛。爸爸说这个岛一共有3.2平方公里，花两个小时就能从岛的最北端走到最南端。虽然是这么小的岛，可他们就是喜欢来。他们喜欢吹这里的风，喜欢看湖水，喜欢看日出日落，喜欢看他们这里的人干活。琴姐姐家里就办了一个家庭小旅馆，这样，要看日出日落的客人就能住下来了。

幸亏大多数客人在太阳落下以前会离开，要不然她真不知道她怎么和她的牛和羊，以及香香猪走回去。他们一定会盯着她看，然后议论纷纷……可，这是他们每天都过的生活呀！唉！

等牲畜们都进大草棚后，安顿下来了，小阿莲才关上门，离开大草棚。

"咦，怎么不开灯呀？"小阿莲走进客厅，站在昏暗里问。

"嘘，轻点。"是妈妈在厨房里的声音。

"别开灯。"妈妈走来说。小阿莲眼睛适应了一下，才借着月色，看清了客厅的桌子和桌上摆着的饭菜。

"怎么不开灯啊？"她小声地问。

"刚刚开的，"妈妈说，"一开灯燕子就飞出去。"

"怎么会这样啊？"小阿莲感到非常奇怪。"去年夏天不是一直开灯的吗？孵小燕子的时候也一直开的呀。"

"它们过了一个冬天的野生生活，可能又不适应了。"爸爸走来说，"过几天适应了就没事了。"

"你轻点说话。"妈妈笑着对爸爸说。

"没事，"爸爸笑着说，"它们能听出来是我的声音。"

小阿莲望了一眼黑乎乎的屋角，她隐约看到两只燕子现在是站在爸爸为它们安装的木板上。它们黑黑的圆眼睛一定把他们三个人的一举一动都看得清清楚楚。

他们三个人坐在黑暗里吃饭。燕子们不发出一点声息。小阿莲一边吃，一边偷笑着，她觉得这样吃晚餐真的很有趣。说不定燕子们也在想，不要打扰了主人们吃晚饭吧！

爸爸也在暗笑，他一定是和她一样，夹菜时，夹了几次，筷子上都是空的。在昏暗的光线下夹菜要眼睛凑上去看准了夹的。

这顿晚饭虽然瞎吃了半天，但是小阿莲还是觉得吃得津津有味的。爸爸说话时，妈妈老是提醒他不要说那么大声。"大声说话没事，它们熟悉我的声音。"爸爸说。"现在最要紧的是要让他们尽快适应灯光。"

岛上的气候是这样的，没风的时候，满湖满岛都洒满阳光。要是有风的日子呢，小风的话，湖上岛上一派田园诗样的风光。田野上野草野花摇曳；湖边杨柳轻飘；湖面碧波荡漾。如果是大风呢，天空就要给你颜色看了。湖上岛上整个都灰蒙蒙的，好像烟雨随时会来。不过大部分大风的日子里不会有雨。在大风的日子里，住在村东头的王阿婆就会穿上厚衣服，扎上花围巾了。因为她有咳嗽病。每当她看到王阿婆又犯病了，心里就会非常担心。因为这个病好像看不好，每次王阿婆犯病，总要咳好久。她很奇怪，为什么湖上大风一来，王阿婆的咳嗽病就会犯了呢？小阿莲没见过自己的爷爷奶奶。她的奶奶是因为咳嗽看不好，去世的时候爸爸还在念书。后来爷爷也生了病，是腿不好走路，看不好，也去世了。妈妈说，这个岛上犯这两种病的人很多的。小阿莲一直会幻想，将来自己当个能治好这几种病的医生，在这个岛上为大家治病。

在这个岛上，春天里的野味真是太多了。大家最先尝的野菜可能就数荠菜了。妈妈说，那是一种很古老的野菜了。这些天，开"农家乐"的人家会派人到田野上挑荠菜。城里人最爱吃这种菜了。荠菜不是用镰刀割的，它是要用装木柄的小刀铲的，在根部轻轻一铲，一棵荠菜就到手了。田野上的荠菜真是太多了，总也铲不完。这种荠菜越嫩越好吃，等到它们开出小白花来的时候，荠菜就有点老了。最后那些小白花都会结出一个一个绿色的三角形的果，将整个茎掐断了，放在耳边摇，那根荠菜就会发出细碎的声音，仿佛荠菜在笑。

"已经向村委会提出办'农家乐'的申请了。"那天吃晚饭的时候，小阿莲的爸爸宣布。"到时候证肯定办得出来。"

"如果开出来，我们一定要好好做。"妈妈笑眯眯地说。

"妈妈，我们真的要办'农家乐'吗？"阿莲托着腮问。

"真的，阿莲。"妈妈说。"到时候就可以用我们自家养的大闸蟹，这样就省了去卖蟹的烦恼了。"

"到时候，客人真的会到我们家里来吃饭吗？"小阿莲眨着亮晶晶的眼睛问。

"会呀。"妈妈又说。"我们先办一个规模小一点的'农家乐'，一桌两桌的，等有钱了，再扩大。"

"我们炒什么菜给他们吃呢？荠菜吗？"小阿莲问。

"到我们的证办出来估计要到夏天了，那会儿已经没有荠菜了，但是其他的草头还是有的，像金花菜呀——"

"金花菜？"小阿莲惊讶极了。

"对呀，还有马齿苋——"

小阿莲听了，像是想到了什么似的，不由得捂住嘴一个劲地笑。

"笑什么？"妈妈也笑着说。"笑他们城里人怎么爱吃这个是吧？"

"嗯，"小阿莲点点头说，"他们城里人怎么爱吃这个？"

"他们不是爱吃这个才到我们乡下来，"妈妈笑笑说，"他们城里人平时忙着上班，一家人也许连聚在一起的机会都没有。他们每天在大楼里，见不到蓝天，见不到草地，见不到真山真水，所以到了节假日就全家到乡下来走走，顺便吃吃农家菜。他们很眼红我们的生活呢！"

"琴姐姐说他们连小杂鱼都吃，"小阿莲吐吐舌头说，"我不爱吃。"

妈妈笑了起来，说："他们也喜欢吃螺丝呀、蚬子呀这类。"

"我不爱吃。"小阿莲笑着摇摇头说，"他们怎么会爱吃这个呀？真是奇怪。"

"他们就是图个有趣、新鲜吧，"妈妈说，"再说这个岛上没有一点点污染，每一样东西都是可以放心吃的。所以即使吃到小杂鱼，他们也是开心的。到时候还有清水虾啦，白鱼啦，那新鲜的味道都是他们城里人平时吃不到的。"

"还有大闸蟹。"小阿莲笑着说。

妈妈也笑着说："是呀，到时候，它还是主角呢。"

浆麦草

　　清晨，小阿莲还在睡梦中的时候，远处传来沉缓的钟声，那是与他们隔湖相望的阳澄湖镇黄罗禅寺的钟声。小阿莲轻轻地起床。从她小房间的窗口可以看到阳澄湖正从晨雾里慢慢苏醒的样子。淡蓝色的晨雾一点点飘散，一群白色，或着灰白色的鸥鸟云集在一起，隐约可以听到它们欢快的鸣叫声，它们一会儿高飞，一会儿低翔，一会儿又结伴远去。对岸的接连不断的小楼挡住视线，小阿莲看不见湖边那到处是新绿的芦苇丛中有没有野鸭和白鹭在觅食，但是她见过它们已经来了。小阿莲是多么喜欢看湖上的美景啊，但是她得起来了。屋后的黄鹂鸟已经在唱歌了，一会儿蹦蹦羊就会闹着要到田野上去的。兔子阿华和雪花已经做爸爸妈妈了，它们已经有了五个宝宝，这会儿这五个宝宝说不定已经钻出木栅栏，跳到小树林里去了。果然，小阿莲去给它们打扫兔子窝时，小兔子们都出去了。兔爸爸又在打洞了。那时爸爸好像知道它喜欢打洞似的，把打泥墙用剩的黄泥全给了它。那些泥土在靠泥墙的角落里堆成了一个结结实实的小土包。爸爸用三面木栅栏拦起来就成了兔子的家。所以兔子的家三面是木栅栏，一面是泥墙，其中正面的一个栅栏是可以移动的，小阿莲把它当做门，她要给它们做清理的时候就从那个门里进出。那木栅栏大兔子钻不出去，但是小兔子却可以来去自如。

　　兔子窝里非常干净，不用为它们打扫。小阿莲要做的是定期为它们清理草料架，以及草料架下面积起来的垃圾，一些它们不喜欢吃的草，或者老草，吃剩的草根等等。兔子很爱清洁，它们的粪便都在一个规定的地方。兔子那里这些垃圾，或者粪便都是有用的，小阿莲会把它们扫在一起，铲进筐里，然后拖到堆肥池那里进行发酵。肥料池里都是些牲畜窝里的垃圾，或者粪便，经过腐熟后就能做肥料了。做完这些之后，阿莲赶紧给兔子们的水槽加满水，草料架上放满青草，然后领着羊妈妈一家到牛王那儿去。

　　来踏青和吃农家菜的客人渐渐多了起来。田野上不时可以看到游客三三两两的身影。下午，琴姐姐约了小阿莲去割浆麦草。割浆麦草是为了做青团子。青团子是每年清明时必定要做的。那是作为供品，给老祖宗上坟用的。但是做青团子要用到的青草汁准备起来很麻烦，草割回来了，还要把草洗干净，放在石臼里捣烂，捣出汁水。琴姐姐家有一个小石臼，她奶奶每年都会多准备一点青水，谁家要做青团子了，就拿瓶子去装一点。

　　能捣出青汁的草有好几种，用艾草汁做的青团子有淡淡的艾草的香味；用浆麦草汁做出的青团子有浆麦草的香味；还有一种叫鼠曲草的青汁也能做青团子，鼠曲草也叫佛耳草，或者鼠耳草，那种开小黄花的草找起来比较不好找，它少。鼠曲草还是一味中草药呢，用开水烫过后可以食用，可以治疗咳嗽、胃不好等病。用浆麦草汁做出来的青团子香味最浓。虽然是去年的这个时候吃过，但是小阿莲还记得那个味道呢。

　　她们又去了西咀湿地，那儿有一个地方浆麦草特别多，一大丛一大丛的，特别浓绿。不多久她们就每人割到了一篮子浆麦草。

草拿回去以后，她们把草洗干净，沥干后，她们就和奶奶一起舂浆麦草。琴姐姐抓起一把草放进石臼，奶奶就用一根粗木棒舂浆麦草。只舂了几次，浆麦草浓绿的汁水就流了出来。琴姐姐笑着说："奶奶，您去歇会吧，我们两个来舂浆麦草好了。"

奶奶说："你们不行的。"

"行的。"琴姐姐央求说。"奶奶，就让我们来舂吧。奶奶，求您了！"

奶奶笑着把木棒交到了琴姐姐手上，说："好吧，看你们行不行。"

琴姐姐欣喜地接过木棒，信誓旦旦地说："肯定行。"

奶奶就笑着到一旁去修补地笼网。

琴姐姐不再说话，用心舂起来。不一会儿，她的脸就有点憋红了，鼻尖上渗出细细的汗珠。

"要不要我来替你？"阿莲凑上去问。

"不用。"琴姐姐停了一下，利索地把袖子挽起来，然后抓起木棒继续舂。

小阿莲盯着那石臼里，那草是碾碎了，但是那里面的汁水没有出来。这是怎么回事呢？

琴姐姐连续舂着，脸上汗如雨下，脸更红了，一停下来就"呼哧呼哧"喘气。

"添一把进去。"她擦了把汗，对阿莲说。

阿莲连忙朝石臼里添了一把浆麦草。

琴姐姐继续用木棒舂。舂着舂着，阿莲看到琴姐姐在不时停下来看两个掌心。她凑上去一看，她看到琴姐姐手心里有了几个血泡。

"我来吧，琴姐姐，你歇会吧。"阿莲说。

"好吧。"琴姐姐点点头说。

阿莲一把抓住那根棒，她不相信自己舂不出青水来。可是只一舂，她的手心就震得发麻，咬咬牙，继续舂。她感觉如果不用力，就会感觉木棒在草上被弹起来，根本没法把草舂碎；如果舂得重了，手心里会震得生疼。她想，坚持住！

又舂了一会儿，琴姐姐往石臼里添了一小把草，阿莲继续舂。她开始觉得胳膊酸痛起来，时光仿佛变得特别漫长，她觉得自己再也没有力气舂下去了。幸亏琴姐姐接替了她。可是琴姐姐好像也不行了，她一握住木棒就甩手尖叫起来。

"起泡了吧？"听到琴姐姐叫，奶奶就知道是怎么回事了。她停了手里的活，走到琴姐姐身边要看她手心，琴姐姐就是不给她看。

"别去碰水。"奶奶说着就握住木棒舂了起来。阿莲和琴姐姐紧紧地盯住奶奶。奶奶的动作很缓慢，但是有一种节奏，"嗵——嗵——嗵——"

"不能急。"奶奶说，"来，阿莲，给奶奶添一点。"

"好。"阿莲连忙朝石臼里投入一把草。

奶奶又不急不慢地舂草了。奶奶舂草与她们不一样，她脸上始终笑眯眯的，全身都很放松。哪像她们两个，穷凶极恶似的，恨不得全身的力气都扑向石臼，结果越急越累。

"舂草要用巧劲。"奶奶一边春风满面地说着，一边毫不费力地舂着，木棒到了她的手里好像变成了玩具。阿莲发现奶奶舂草时，视线很少离开石臼里的草，她想这是不是就是老师时常说的"眼到心到口到"里说的意思呢？

时间到了奶奶这里就觉得时飞快的了。没用多长时间，两篮子浆麦草都进了石臼。奶奶放下了木棒。

"好了？"琴姐姐和阿莲同时朝石臼里看，果然，浆麦草都舂成丝丝缕缕的了。

奶奶把洗干净的手伸进石臼，抓起一把蓄满汁水的浆麦草草轻轻一挤，墨绿墨绿的汁水就从里面汩汩流淌出来。也不挤第二次，奶奶就把草渣撂在一边了。

"里面没有了吗，奶奶？"小阿莲问。

"没有了。"奶奶笑笑说。"看到奶奶只挤了一下是吧？这挤水也要用巧劲的。"

"哦。"小阿莲点点头，一眼不眨地盯着奶奶。奶奶挤汁水真的有手法，草握在手里，闪电一样快速一绞，汁水就从指缝里流出来了。奶奶的手挤一次绿一次，越挤越绿，到最后差不多成了绿手指了。

把石臼里的汁水倒在盆里，足足有大半面盆。奶奶将不多的石灰水倒进盆里使劲搅拌，然后把它放在一边。

"奶奶，为什么汁水里要加入石灰水呢？"小阿莲问。

"这个汁水里加一点石灰水，会使青汁沉淀，青水和底层的渣子会分开，这样做出来的青水会更清。"

"哦。"小阿莲恍然大悟，没想到做青水还有这么多讲究。

阿莲要回去的时候，奶奶喊住她说："阿莲，告诉你妈妈，明天就可以来拿青水了。"

"哦，奶奶，我知道了。"阿莲快快乐乐地跑走了。

因为这时候小蟹已经开始脱壳了，爸爸妈妈更要细心照料，所以他们一直很忙。阿莲盼了好几天，清明节那天妈妈终于有时间做青团子了。妈妈一早就做好了青团子，小阿莲一起来就闻到了那满屋飘香的青团子的味道。但是还不能吃。他们要先用青团子去上坟祭了祖宗才能吃。爷爷奶奶的坟在荒野的一个角落里，一个小土墩，上面有两棵树。旁边长着草。妈妈把带来的青团子和几样水果拿出来摆在带来的盘子里，供奉在祖宗坟前，然后点上一根小蜡烛，点上几支香。他们一家人由爸爸带头，分别一个一个拜了祖宗。然后爸爸给祖宗敬了酒。他们默默地站在那里，一个人也不说话。

"阿莲，"许久，妈妈说，"把那个包里的垫子拿出来。"

"垫子？"阿莲奇怪地问。

"对，在那个蓝布包里，你拿出来，铺在地上。"妈妈一边说，一边在另一个黄布包里往外拿东西。

"我们要做什么？"小阿莲一边兴奋地问，一边从包里找垫子。是一块四四方方的蓝印花布。爸爸帮她一起把这块散发着樟脑香味的布铺展在厚厚的草地上。"妈妈，我们要野餐吗？"当她看到妈妈从布包里拿出一袋袋食物时，欢叫起来，"我们要野餐吗？"

"是的，"妈妈得意地说，"我们一边陪着老祖宗，一边野餐。"

"妈妈，怎么被你想出来的，妈妈？"阿莲兴奋地问个不停，"你怎么会想到野餐的？"

"看到那些城里人就想到啦，"妈妈一边把装着食物的袋子一个一个打开，一边说，"还是热的，快趁热吃吧。"

"我们都带了什么，妈妈？"阿莲伸着脖子看。

"脱了鞋子坐上来呀，"妈妈招呼站在那里的爸爸说，"今天我们就吃这些啦。有青团子、金桔、油炸小杂鱼，怎么样？"

爸爸脱了鞋子，很高兴地坐下来。妈妈像变戏法一样把一杯酒递给爸爸。

"还带了酒？"爸爸笑着说。他接过酒，喝了一小口。

妈妈说："想到这阵子你好长时间没喝了，就给你带了一瓶。"

"还真是很长时间没喝了。"爸爸笑着说。

"上次和老孙喝过一次后，没再喝过。"妈妈说。"老孙现在更忙了，他们的'农家乐'请了一个厨师。"

"他这是要做大了。"爸爸说。"很佩服他的。"

"别急，"妈妈说，"等我们的'农家乐'开出来，大闸蟹上市，很快能赚钱的。"

爸爸点点头说："是啊，全指望大闸蟹了。"

"卖得好的话，说不定当年就能出本呢。"妈妈说。"这样的话，老吴那里借的钱就能还上了。"

"这个你不用操心，我会处理的。"爸爸对妈妈说。"现在小蟹正在脱壳期，看情况，小蟹长得还是很好的，所以，你不用担心钱的事情。"

青团子还是热的，拿在手上软软的。看不出里面是什么馅的，因为团子绿绿的。轻轻地咬一小口，香甜的豆沙汁流出来，吸一口，甜到心里。仔细地品，面皮里一股浓浓的浆麦草的香味真是好闻极了。想起前几天舂浆麦草的事情，小阿莲看看自己的手心，暗自笑了。

牛背鹭

    不知不觉，岛上下雨的时候多了起来。雨里，河岸上那棵香椿树长满了糖色的嫩芽，小渔港的水也多了起来。水少的时候，河底的水草好像都长到水面上来似的，可以清清楚楚地看到它们随着水流飘摇，一大蓬一大蓬的，像一大片一大片水下森林，阳光试图照射进去，但总照不进去。下过几次大雨后，忽然看不到水草在水面招摇的样子了，那些水草好像矮下去了，其实那是阳澄湖水涨起来的缘故。不知为什么，这里一下雨，湖上风就会很大，风一大，爸爸妈妈就要往湖里围网那儿去。有时候连着下了一两天雨，湖里的水就会一下子涨好多，爸爸妈妈就又会急着去查看围网。有时候，阿莲会对着阳澄湖那么多的水发愁，她觉得爸爸妈妈在湖上养蟹太辛苦了。

    天快黑了，外面下着雨，小阿莲和妈妈坐在饭桌旁等爸爸回来。

    "妈妈，爸爸他们为什么不在岛周围养蟹，而要到那么远的湖上养蟹呢？"小阿莲瞪着黑黑的眼睛问。

    她的妈妈望着她，讲给她听："那是一块养殖大闸蟹的最好水域，那里水特别清，深浅刚刚正好，那里湖底的水草特别好，湖底土质好，都是坚硬的地块。阳光差不多能照射到湖底。在这样的地方能养出最好的大闸蟹。"

"哦。"小阿莲点点头，眼睛依然亮晶晶的。

"为什么阳澄湖的水会这么多呢？"她问。

"傻孩子，"妈妈笑着说，"阳澄湖周围有多少大大小小的湖你知道吗？"

阿莲眨着眼睛。

"阳澄湖周围到处是河，"妈妈说，"大河小河，这么多河全连着阳澄湖呢，水量能不大？河里的水满了，就会流进阳澄湖，所以阳澄湖的水才会那么多。"

"要是阳澄湖的水满了呢？"小阿莲问。

"那就倒灌到河里呀。"妈妈说。"你也看到了，渔港里冬天水浅。"

"那是因为周边河里缺水了，湖水倒灌回去了。"小阿莲笑着说。

"大概是这个道理吧，"妈妈说，"这里面真正是什么原因，要读了书，去研究了才能懂。"

小阿莲咬着唇不说话，她的心里满是这个湖。她也不知道，这个湖什么时候住进了她心里。

第二天，雨过天晴，抬眼望一眼天空，天很高，瓦蓝瓦蓝的。阿莲把大草棚里的牲畜们安顿好后就高高兴兴地去搭船上学了。今天又轮到孙伯伯送他们上学。

小汽艇沿着岛一直往北马头开。

因为是在湖上，也或许是因为昨晚刚下过雨，清晨的空气里弥漫着一股清新的水的味道。

"快看，野鸭！"荣荣手往湖边芦苇丛那儿一指喊道。

"它们已经来好几天啦。"阳阳大声说。"一开始我以为是中华秋沙鸭，后来网上一查，原来不是，中华秋沙鸭个头还要大。"

"那叫什么鸭呢？"荣荣盯着阳阳问。

阳阳摇摇头说："不知道。"

"那中华秋沙鸭是什么样子的呢？"荣荣问。

"那是一种对环境要求特别高的鸟，"阳阳越说越起劲，"第一次见到，以为是中华秋沙鸭。中华秋沙鸭身体好像还要大一点，网上说身长有50厘米以上。我看它们只有20厘米的样子。"

"说不定你说的这种鸭也会来这里。"荣荣望着阳阳，认真地说。

"嗯。"阳阳点点头说。"真是不看不知道，一看吓一跳，你们知道吗，网上说，中华秋沙鸭是第三季冰川期后残存下来的物种，已有一千多万年，是国家一级保护动物，数量极少，不是很少，是极少，比扬子鳄还少。属于濒危物种。"

"这样啊？！"荣荣惊愕地望着阳阳。

阿莲和琴姐姐一字不漏地听着阳阳说话，汽艇到北码头了还不知道。"快点快点，校车快来了。"孙伯伯笑着催着他们快上岸。他们几个就急急地上岸。

"再见，孙伯伯！"他们几个一起回身说。孙伯伯的小汽艇已经掉头了。

"放学后在这等我，我可能会晚一点过来。"孙伯伯远远地对他们喊道。

"这阵子我爸爸很忙。"阳阳不好意思地对大家说。

"你爸爸都做大老板了，肯定很忙的。"荣荣紧跟在阳阳身边说。

"大老板也要遵守时间的呀，"琴姐姐说，"要不然大老板都变成不守信用的人了。"

"也不是吧。"阳阳拉长了脸对琴姐姐说。

"我看你爸爸是没有时间观念。"琴姐姐说。"以为我们小孩子耽搁点时间不碍事。"

阳阳这回笑了，说："行，下次我让爸爸准时一点。"正说着，校车远远地在来了。他们几个几个急急朝站点走去。

下午来接他们的时候，孙伯伯果然晚来接了。

"爸爸，您衣服怎么都是一片一片湿的？"阳阳盯着他的爸爸问。

"在清理蟹苗塘，"孙伯伯说，"清理干净了要晒塘，秋冬季要放新蟹苗。"

大家都不说话，默默地一眼又一眼看着孙伯伯那件这儿湿了一片，那儿湿了一片的衣服。

"阿莲，"荣荣忽然笑着说，"你们家的香香猪会不会已经在河滩上等你了？"

"我不知道。"阿莲笑笑说。

"阿莲，你们家香香猪和狗一样乖呀？！"琴姐姐笑着问。

"当然啦，"阿莲说，"它记性特别好，不管去哪儿，只要去过一次，它就记住路了。"

"那是它嗅觉好。"阳阳说。"科学家早就得出结论，猪的嗅觉不比狗的差。"

"真的吗？"荣荣瞪着眼睛问。

"当然是真的，"阳阳说，"我没必要骗你。"

已经进港了。大家都瞪大眼睛朝阳阳家的河滩上望去，阿莲的香香猪真的在那里，它好像心神不宁，在不停地走来走去。忽然它看见他们了。它突然站定，盯住他们看。

"香香！"阿莲远远地喊道。

"香香猪！"

"香香猪！"

香香猪反而不动了，一眼不眨地盯着他们的船。

阿莲一上岸，香香猪就咬咬她的裤管，然后转身就跑。

"它一定是有什么急事。"阿莲着急地说。"遇到急事它就这样。"

阿莲急忙跟着香香猪跑走了。

"去看看。"阳阳说着带着伙伴们追了上去。

香香猪没有往家的方向跑，而是穿过阳阳家的弄堂，径直朝田野上跑去。阿莲和阳阳他们一直跟到"牛王的福地"。牛王不在那里。香香猪在继续朝湖边滩涂跑去。他们跟着跑，一到那儿，每个人都惊呆了——牛王浸泡在水里爬不上来，而它的背上是一只鸟，那只鸟好像受伤了。

"是牛背鹭。"阳阳盯住那只鸟说。"我看出来了，是一只牛背鹭。牛王上不来了！"

"牛王上不来了？那怎么办？"荣荣急得脸色都白了。

阳阳说，"我们可以用绳子系在它角上拉它上来。"

"我去拿绳子。"阿莲说着转身往家里跑去。

"牛王怎么会到了湖里呢？"荣荣问。

"最大的可能是——"阳阳说。

"为了救牛背鹭。"琴姐姐说。

"那只牛背鹭好像死了。"荣荣说。

"没死，"阳阳一边脱鞋子，一边说，"如果在水里浸泡时间长了说不定就死了。"

"你想去救牛背鹭吗，阳阳？"荣荣问。

"是的，它不能再落到水里了。"阳阳脱掉了校服，走下堤岸。

"小心点，阳阳。"琴姐姐喊道。

"没事。"阳阳说着，慢慢地向牛王靠近。这里一看就是陡坡，阳阳一下水，水就没到了他腰里。难怪牛王会爬不上去了。

"牛王，"他拍拍牛王，然后轻轻地呼唤着牛背鹭，"嘿，牛背鹭。"

他伸手把在牛王背上喘息的牛背鹭抱了下来，然后他把牛背鹭举起来交给岸上的人。

这时阿莲抱来了一圈绳子。

"这里上不去的。"阳阳说。"把一个绳头给我。"

阿莲马上把一个绳头抛给阳阳。

阳阳很快把绳头缠绕在牛角上。

"我们在这里拉吗？"荣荣在岸上紧张地问。

"不是，"阳阳挥挥手说，"朝前走有一个滩涂，牛王可以在那儿上来。"

"你呢？"荣荣问。

"我在这儿上来，"阳阳说，"把绳子放长一点，我抓住绳子，你们拉我上去。"

他们手忙脚乱地把绳子放长，阳阳留下一截绳子给牛王，然后他抓住绳子朝上面喊："拉。"

上面三个人一起用力一拉，阳阳就"噌"的上来了。

"快去穿衣服！"琴姐姐命令他。

阳阳很快套上衣服，然后指挥大家拉着绳头慢慢往北走。牛王大眼睛一眨一眨的，它很配合，缓缓地跟着绳子往北走。

"牛王，坚持一下，"阳阳大声对牛王说，"滩涂马上就到了，到了那儿，你就可以自己上岸啦！"

牛王终于顺利地走到那个阳阳知道的浅滩。牛王顺利地从湖里走上了岸。牛王一上岸，他们就急奔牛背鹭那儿。

"它伤得很重。"阳阳仔细观察着牛背鹭受伤的脚说。"你们看，它的翅膀和脚被什么东西夹过，脚上的骨头都烂了，化脓了。这只牛背鹭落在水里应该很长时间了。"

"是牛王发现了它。"琴姐姐说。"然后牛王去救了它。"

"是的。"阳阳说。

"接下来我们该怎么办？"阿莲瞪着乌黑的大眼睛问。

阳阳也不知道该怎么办，他盯着牛背鹭。大家围在牛背鹭身边，不知道该怎么办。

"它疼不疼？"荣荣问。

"你说骨头都烂了，化脓了，能不痛？"琴姐姐说。

"那为什么它的眼睛还是那么神气呢？"荣荣说。

还真是。大家呆呆地望着这只牛背鹭，它的眼睛真的又黑又亮，一点也看不出它又半点痛苦的表情。大家不由得对牛背鹭肃然起敬。

"我们把它送到王医生那里去吧。"琴姐姐说。

"好，"阳阳说，"我们马上就去。"

阿莲看到牛背鹭伤得这样严重，都不敢抱它了。于是阳阳抱起牛背鹭就往岛上王医生的诊所跑。当王医生看到牛背鹭时，惊呆了，他说他从没看见过这么坚强的鸟。他立刻给牛背鹭清理伤口，给它消毒，然后给它敷上消炎止痛的药。"它的身体已经开始发抖，"王医生说，"再不止痛，很快就不行了。"

小阿莲看着牛背鹭，眼泪汪汪地对王医生说："王医生，求您把牛背鹭治好吧！"

王医生叹息着说："看今晚吧，这些药用下去，应该有效果。如果没有效果，明天就该送医院截肢。"

"截肢？"大家吃惊地望着王医生。

"只能这样，"王医生说，"要保全它的性命只能这样。从来没看见过伤得这么严重的。看样子应该是被铁夹子夹断了骨头，时间长了伤口就发炎化脓了。唉，真不知道它是怎么把夹子从脚上挣脱掉的。"

"截肢后它还能像以前一样飞吗？"阿莲问，眼睛红红的。

"飞是可以飞的，不过它只能一条腿站了。"王医生对她说。"回去吧，明天看情况，如果不行的话就要考虑截肢。"

阿莲抱着牛背鹭，心疼地抚摸着。"能不能不截肢？"她反复地问。"王医生，牛背鹭能不能不截肢？"

孩子们还不走，还在那里想求王医生把牛背鹭治好。

"天快黑了，"王医生劝他们说，"我能看好还能不好好看？我已经给它用了最好的药了。回去吧孩子们！"

"好吧，"阳阳说，"我们就回去吧。"

"回去吧孩子们！"王医生一路把他们送出了他的小诊所。

天已经有点黑了。

初
夏

　　不知不觉中，小岛仿佛换了颜色，那青翠，那碧绿，那姹紫嫣红。是什么时候换的？好像是一夜之间，又好像是一场夜雨之后，抑或是几天之前？早春，那野草里开放着的像纯净的天空一样的蓝色花朵渐渐地淡了颜色，那蒲公英的身影已经随着那飘扬的伞花远去了。那难以形容它们花朵形状的紫地丁还在，紫紫的花朵。其实紫地丁花朵的形状还是有点像朝着天的巫师帽子，蒂部像个尖筒，几个花瓣开放成巫师的帽沿，要是躺在野草地里端详那种花还是挺有趣的。

　　放眼望去，岛上尽是滚滚的绿色，但是细微一看，那绿色里竟然藏着那么多艳丽的花朵，它们无声无息地在那里盛情开放着。此时的荠菜早已变得又老又瘦，它们的直立着的茎上开满了纯净的白色小花，有的已经结出了绿色的三角形的果实。那传说是漂洋过海而来的婆婆那生长得最是生机勃勃，婆婆那是种有些藤蔓的草，叶子本身就像花朵，一朵一朵密密地紧挨着，枝叶之间密不透风，那上面缀满深蓝色小花，远远望去 ，像厚厚的地毯，一直铺展到小路的尽头。那开着金黄绚丽花朵的毛茛在野地里格外耀眼，那金、那黄、那亮，在碧绿如翠的草丛里耀眼得足可以与黄金媲美。那三叶草，密密的，开着的小白花聚成球形。不远处是开着黄花的酢浆草，那也是三叶草的一种。它们遥相呼应着，也很有趣。

此时，肉乎乎的马齿苋已经有点老了，黄色的小花朵里结出了籽，不过，它们的叶片依然不改本色，枝枝叶叶伏在地上，铺散着。开‘农家乐’的人家常常把马齿苋当做一种春天里的一道时令野菜，炒给客人吃。据说，它还是一味草药呢。清热利湿、解毒消肿、种子还有明目的功效。此时的车前草已经老得不能炒菜吃了，中央找出穗状花序，花絮上开满了辨不清颜色和叶片形状的小花，其实那也不能称之为小花，那实在是花的碎片。临近水边长着的蓼花红，长着桑葚一样的花序，上面开满密密的小花，颜色艳丽得能使玫瑰花顿失颜色。牛繁缕是阿莲最喜欢割给兔子们吃的野草，嫩嫩的绿叶，嫩嫩的茎，开着纯净的白色小花。牛繁缕是一味草药，也是一种野菜。琴姐姐就常常会割了这种野菜拿回去给她的妈妈炒给客人们吃。还有一种益母草，一串串紫红色花序，上面开满了深玫红颜色的小花。那是一种草药，需要的人会去收割。拿回去晒干备用。岛上还有一种叫活血丹的草药，它很像婆婆那，但是那一朵一朵的叶子比婆婆那大，颜色也要粗糙一些。这种活血丹还有一个名字叫金钱草。它既可以煎汤服用，又可以外敷，有消热解毒，散淤消肿的功效。当然还有很多草阿莲连名字也叫不出来，但是她认识它们。

阿莲忽然意识到，这是初夏来了。

现在，大草棚里越来越热闹了。小鸡们已经会相互扑来扑去打架了，小羊走丢了会自己找回家了，小兔子们也已经会在它们爸爸挖的迷宫里玩游戏了。大家都喜气洋洋的，唯独牛王这几天一直一声不吭。

阿莲很想念牛背鹭，她想牛王一定也在想念牛背鹭。有一天，她鼓起勇气拨通了派出所的电话。

“喂，喂，”电话那头传来警察叔叔的声音，“请问，您是哪位？”

"我叫阿莲。"她怯生生地对着电话里说。

"阿莲？"警察叔叔问，"请问您是住在哪里的？"

"我住在莲花岛，"阿莲说，"我想问问牛背鹭怎么样了。"

"哦，你就是救牛背鹭的小学生吧，正好我们也想联系你呢！"警察叔叔十分快活地说。

"牛背鹭怎么样了呢？有没有截肢？"阿莲问，然后她认真地听电话那头会说什么。

"没有截肢——"

"真的没有吗？"阿莲突然激动得声音也变得颤抖了，"真的没有吗？"

"真的没有，"警察叔叔说，"我可以很肯定地告诉你，真的没有截肢。"

阿莲咬着嘴唇，一句话也说不出来。她感觉到自己的心在快乐地跳动，她好想把这个好消息马上告诉她的好朋友们啊。

"为了既能保住牛背鹭的生命，又能保住它的脚，医院方面请了最好的医生为它治疗，现在已经基本康复了，接下来就是考虑把它放回到野生的环境中，但是在放归之前，要给它一个适应的过程，不知道你们愿不愿意收养一个阶段，等它适应了再放归野外？"

"我们愿意的，"阿莲急切地说。"鹭鹭什么时候能回来？"

"鹭鹭？"

"是的，鹭鹭是牛背鹭的名字，我们都非常非常想念它，"阿莲快活地告诉警察叔叔，"牛王也在想念它。"

"牛王？你们还有牛王？"警察叔叔惊呼。

"当然啦，"阿莲如数家珍地说，"我们还有香香、蹦蹦、文文、芦花，还有白玫瑰很多很多，它们都可以做鹭鹭的朋友。"

"好的好的，我们约定一个时间，把鹭鹭送回来，好吗？"

"好的。"

"大约什么时候方便。"

"明天，明天就可以送来。明天我们放假。"

"好的好的，明天中午我们把鹭鹭送回来。"

"好的。"

"好的好的，就这样说定了。我们明天中午送过来。"

太棒啦！阿莲放下电话，按住狂跳的心口对自己说，真的是太棒啦！她连忙向阳阳家跑去，她要赶快把这个好消息告诉她的好朋友们。

真是好消息不断，晚上，爸爸说，他们家的"农家乐"证件已经办下来了。"那么就是说，我们家可以接待客人来吃饭了？"阿莲欣喜地问。

"是的，"她的爸爸说，"不过我想还要等一等。"

"为什么？"阿莲奇怪地问。"现在游客已经很多了。"

"这个我知道。但是因为'黄梅雨季'就要到来，围塘上有很多活要做。"爸爸望着阿莲说。"'农家乐'即使开出来，我们也来不及做。所以只能再等一等，等忙过了这段时间再开出来。"

"你觉得呢？"爸爸望着妈妈问。

妈妈想了想，说："你拿主意吧。"

"好吧，那就过段时间再开出来，反正到吃蟹季节一定开出来。"爸爸说。"我们先把眼前的事情做好了再说。"

"阿莲，"爸爸转头对阿莲说，"你的镰刀我已经帮你磨好了，割的时候小心点。"

"嗯，我会的。"阿莲瞪着明亮的眼睛说。

"现在干草准备多少了？"他的爸爸问她。

"草料架上已经堆满了。"阿莲说。"我想再多准备一点。"

"也好。"他的爸爸说。"昨天的天气预报说，今年的雨季会长一点，不排除有特大暴雨天气的出现。"

阿莲望着爸爸，她忽然觉得爸爸身上的担子很重。那么大的水面，要是大暴雨一来，水涨起来怎么办？她真想能替爸爸分担一点，但是她觉得自己除了焦急，其他的什么办法也没有。

"明天我一早就去买网和黑皮，"爸爸找出一圈尼龙线，放在手里整理着说。"我们商量下来，不加高不行。老孙明天也要加高围网。"

"好吧。"妈妈说。"我也觉得应该早作打算。"

"阿莲，有时间帮爸爸做点事吗？"爸爸问她。阿莲一看就知道爸爸要绕线。

"有，当然有。"阿莲很高兴地走到爸爸身边，把手伸给爸爸。他的爸爸把一大圈线套在了她伸出的胳膊上。这个活和帮妈妈绕毛线的活一模一样。

"爸爸，妈妈，鹭鹭明天就回来了。"阿莲很得意地对爸爸妈妈说。

"明天要回来了？"她的爸爸和妈妈都停下了手里的活。

"是的，"阿莲兴奋地说，"我今天放学后打电话过去问，警察叔叔说，他们也正想联系我们。他们想在把鹭鹭放归大自然之前，先让它有一个适应的过程。他问我，愿不愿意收留鹭鹭，我说愿意。我问他什么时候可以把鹭鹭送过来，他说明天就可以联系医院把鹭鹭送过来。"

"嘿，不简单啊，阿莲，会跟警察叔叔打交道了。"爸爸笑着说。

"当然啦，"阿莲笑着说，"我都快读四年级啦。"

"鹭鹭会跟牛王成为好朋友吗？"阿莲问他的爸爸。

"大多数情况下是会的。"他的爸爸一边绕线，一边说。"牛背鹭与家畜，尤其是水牛有一种依附的关系，它们常常伴随着牛活动，也常在牛背上寻食……它们之间很容易成为朋友的，这一点你放心好了。不过，有一点和以前两样了。以前，牛要耕地，牛耕地的时候，牛背鹭就跟在旁边，什么蚂蟥呀，黄鳝呀，蜘蛛呀等等，牛背鹭都可以吃到。现在牛不耕地了，它就吃不到这些了。但是草丛里的蝗虫呀，蚱蜢呀等等还是可以吃到的。"

"爸爸，以后真的再也不会用牛耕地了吗？"阿莲问。

"这个说不准，"它的爸爸说。"如果一直能养蟹，估计没人会耕地了。谁知道呢？"

"如果要耕地，牛王一定还是力气最大的，是吗爸爸？"

"那当然，"爸爸说，"那时候牛王犁一天地也不带累的。"

"爸爸，"阿莲想了想说，"我真想鹭鹭能和牛王成为好朋友。您说，鹭鹭会喜欢大草棚吗？"

"你是想让牛背鹭也住大草棚啊？"

"是呀，不然它晚上睡哪里啊？"

"不是最后要野生放养吗？要野生放养就要让它得到锻炼，让它住在野外的芦苇丛中好了。"

"可是如果它愿意住大草棚，那为什么不让它住呢？"阿莲说。"难道野生动物就不能住好一点？"

"阿莲，你这个想法是好的，"她的爸爸看着她认真地说，"野生动物它毕竟是野生动物，总有一天它会回到那个野生的环境中。你现在还不懂，现实是复杂的，比如说它们生存的环境，以前我们耕地，牛背鹭可以吃到大量的躲藏在地里的食物，牛也需要它，所以它与牛能成为朋友，这个，从名字上你就能懂对吧。但是现在不耕地了，牲畜也少了，牛背鹭的生存环境发生了变化，那它就要适应这种变化，只有这样它才能生存下去。所以野生动物必须在那个环境中锻炼自己。还有人是复杂的，有的人会因为牛背鹭身上的羽毛而伤害它，有的人会因为它能够成为餐桌上的美味佳肴而伤害它，所以，野生动物除了要面对生存环境的变化问题，还要面对来自人的危险。懂了吧？懂了是吧？"

"这样想来，我觉得牛背鹭很可怜。"阿莲喃喃地说。

"是呀，"她的爸爸说，"不过，现在重视环保的人在多起来，关心野生动物的人也在多起来，你说是不是这样？"

阿莲认真想了想，点点头说："是这样。"

鹭鹭回来了

阿莲在湖边荒草滩割草的时候，香香猪跑来了。一身的清香。"又去吃龙葵了呀！"阿莲蹲下来看它。她闻得出来它满嘴的龙葵那种酸酸甜甜的清香味儿。看它粉红的嘴巴上还沾着龙葵籽就知道它吃了不少。香香猪精力充沛，不停地在草丛里穿梭，看到一棵野豌豆藤就会突然站住，在上面寻找有没有野豌豆。阿莲觉得香香猪的体型有了很大变化，它不再是刚买回来时那个腰部细细的样子了，它现在的体型变得很有趣，背上的腰部有点凹，肚子大起来，圆圆的，四肢还是细细的，尾巴也还是细细的，跟老鼠尾巴似的，不停地甩。不知为什么它额头上一直会有很深的皱纹，小小的耳朵倒来倒去。它现在喜欢吃的草很多，它喜欢吃花草。一旦找到苜蓿之类的，就把那些苜蓿霸占下来，不让蹦蹦和文文它们靠近。它嘴里吃着，眼睛会瞄着它们，有时候还会对它们翻白眼。那苜蓿，琴姐姐家还把它当野菜，割来炒给客人们吃呢。最近香香猪特别喜欢去找野豌豆吃。野豌豆是野菜中比较受客人欢迎的野菜。嫩叶嫩芽可以炒菜或者煮汤，有的种类结出的豆粒可以吃，有的甚至连豆荚都可以吃。野豌豆比较好辨认，它们一般都攀援，叶片较多，像羽毛一样排列，植株大都有用来攀援缠绕的卷须。花的形状很特别，有点像停在枝叶间的蝴蝶。野豌豆种类很多的，一种叫大花野豌豆的，花紫红色；一种叫硬毛果野豌豆，花小，大多开白花；还有一种叫广布野豌豆，花紫红色，植株特别会攀援。香香猪喜欢吃的花草、果实还真不少。阿莲在那里挥汗如雨地割草的时候，香香猪不时地来看看她，又不时地离开一会儿，很有趣。

当香香猪再一次来看她时，阿莲收拾好东西准备回家了。香香猪奇怪地望着她。

"割好啦！"阿莲笑着蹲下来拍拍它的背，说，"知道吗，今天中午鹭鹭要回来啦！"

香香猪还是很纳闷的样子。

阿莲笑着摸摸它的背，说："算了，跟你说，你也不懂。到时候你就明白啦！走吧，我们把牛王带回去！"然后她站起身朝牛王走去。

香香猪快活地跟着阿莲朝牛王跑去。

牛王正卧在那里休息，看到阿莲和香香猪朝它急急地走来，它不知道发生了什么事，就站起来，远远地望着他们。

"牛王，"阿莲兴奋地拍拍它说，"告诉你个好消息，今天鹭鹭要回来啦。"

牛王眨着大眼睛，很不解。阿莲笑笑说："你就要跟你救下来的朋友见面啦。"

牛王不知道是怎么回事，就缓慢地踱着方步吃草去了。

阿莲刚回到家，她的好朋友阳阳和琴姐姐他们就来了。邻居们也来了。大家都很高兴，都盼着早点看到牛背鹭。

王阿婆也来了，她知道一些牛背鹭的事情。因为阿莲什么事情都喜欢讲给她听。她站在那里和邻居们在说牛背鹭。她说："我们小时候就和牛背鹭打交道，现在老了，老了还能见到牛背鹭，心里真的很高兴。"

"阿婆，您不知道，本来鹭鹭可能会截肢呢，后来动物医院想保住它的脚，请了最好的医生，结果没有截肢，等一会您就能看到啦。"荣荣热情地把这件事讲给王阿婆听。他其实也是讲给其他邻居听的。

"是呢，阿莲都告诉我啦。"王阿婆很快活地说。

突然有人喊："是不是在来了？"

"哪儿？"大家问。

"我听到声音了！"

"是的，在来了，你们看水！"

就在这时，一艘白色的小汽艇就出现在了渔港的尽头。大家紧紧地盯着那汽艇。

"曹警官！"荣荣蹦跳着喊起来，"我看到了曹警官！"

真的是曹警官。他蹲在一只笼子旁边。不用说，笼子里一定是鹭鹭。

"曹警官！"

"曹警官！"

小汽艇在孩子们的呼唤声中停在岸边。

"孩子们好！大家好！"曹警官笑着跟大家打招呼。

大家盯着笼子看。

"鹭鹭！"

"鹭鹭！"

孩子们轻轻呼唤着。

"鹭鹭，回家啦！"曹警官亲切地对鹭鹭说。然后他小心地把笼子搬到岸上。

"鹭鹭！"

"鹭鹭！"

大家围上去呼唤着鹭鹭，都想看看鹭鹭康复后的样子。曹警官把笼子打开了，没有动静。大家都蹲下来朝笼子里看。

"鹭鹭。"

曹警官轻声呼唤着，小心地把鹭鹭抱出来。大家都围着看。鹭鹭在曹警官手上挣扎了一下，曹警官马上松手，鹭鹭飞了起来。它低低地在空中飞了一圈，然后径直朝屋后飞去。

"它会不会到牛王那儿去了？"阳阳说着，转身就向屋后跑去。其余人陆陆续续跟了上去。

"真的在！它真的飞到牛王那儿去了！"荣荣跑得飞快，他第一个跑出小树林，指手画脚地站在那里喊，"我看到了，它真的在牛王那儿！"

大家跑出小树林就站住了。只见牛背鹭真的和牛王在一起，羊也在那里。牛王在草丛里缓慢地行走，鹭鹭紧紧跟在它旁边。

"我们不过去了吗？"荣荣不解地问。

"别过去了。"阳阳远远地望着牛王和鹭鹭说。

"好吧。"荣荣说。

"不要去惊吓它们，"曹警官说，"过段时间鹭鹭就会熟悉这里了。"

"曹警官，你放心好了，牛背鹭留在这里没问题的。"王阿婆说。"这几个孩子一直盼着牛背鹭回来。现在牛背鹭回来了，我们大家心里都高兴的。"

"您说得对，阿婆，"曹警官说，"我看得出来大家对鹭鹭特别关心。"

"孩子们，"曹警官对阳阳他们说，"那鹭鹭就留在这里，如果有什么情况，或需要帮助都可以随时给我们打电话。"

"好的，谢谢曹警官。"阳阳说。

曹警官给在场的人都发了一张名片。他说："这是我的名片，有什么事情可以随时打这个电话。"

"哇，这是曹警官的名片啊！"荣荣捧着名片，得意极了。他看看名片，又看看曹警官，笑得虎牙都露出来了。

阳阳把名片插进了口袋。阿莲知道，阳阳的心里也在暗暗笑着，这个，看他微微张红的脸就知道啦。阿莲自己当然是最开心的了。她把名片小心地放进口袋，心里按捺不住地想笑。

能拿到曹警官的名片，大家都感到很高兴。曹警官要走了。大家都站在河滩上送行。

"再见了，孩子们！"曹警官向岸上送行的人喊道，"再见了，阿婆！"

"再见，曹警官！"

"再见！"

"再见，曹警官！"

......

塘鳢鱼炖蛋

　　学校就要放暑假，这是这学期的最后一天。放学后，阿莲在校车上接到妈妈打来的电话，说她今天晚上不能回来了，叫她照顾好自己，还关照她说王阿婆会来给她做晚饭。当然她也听到了妈妈那里的声音，风轰轰的，浪嘭嘭的。

　　"可是，您和爸爸吃什么呢？"她急切地大声地问。

　　"我们没事，还有一点吃剩的干粮……"她听到妈妈电话里断断续续的声音，"好了，妈妈要做事了。晚上阿婆会来陪你的……"

　　放下电话的那一刻，很多同学都在看她。

　　阿莲忽然有了个主意，她要在站台旁的快餐店里买两份快餐，让孙伯伯给爸爸妈妈带去。这样想着，阿莲刚刚还在为爸爸妈妈揪着的心就稍稍放松了。

　　一下校车，阿莲就直奔快餐店。荣荣他们站在那里等她。

　　"阿姨，我要买两份快餐。"她跑到窗口，对里面服务员阿姨说。

　　"好的。"服务员阿姨说着拿起盒子动作熟练地给她往盒子里装菜。装了一个，又装一个。

　　"要汤吗？"她把两盒菜叠在一起后问她。

"要。"阿莲点点头说。

一会儿一袋热乎乎的饭菜就打包好了。

付钱的时候，阿莲说："阿姨，我爸爸妈妈在湖上干活，能不能请您给我再套个袋子——"

那个服务员阿姨一笑，说："好的，这样你爸爸妈妈吃的时候会热一些是吧？"那个好心的服务员阿姨还给她在袋子外面裹了块毛巾，然后再拿过一个袋子装进去。

"是的。"阿莲对着服务员阿姨灿烂地一笑，点点头说。"谢谢您阿姨！我会把毛巾送过来的。"

然后她和伙伴们直奔码头。

孙伯伯开着大船远远地在来了。

船一靠上码头，阿莲他们就小心地上了船，然后和孙伯伯打招呼。孙伯伯一个一个点头答应了。然后孙伯伯就倒档，船一点点往后退，退着退着，船就慢慢地转向，朝着莲花岛开去。

阿莲他们不能坐，因为他们都穿着雨衣。他们每个人的背上都鼓鼓的，那是他们雨衣里面背着书包。阿莲把给爸爸妈妈买的快餐紧紧地捂在胸口。

"伯伯，我给爸爸妈妈买了快餐，他们今天不回来了，我想请您带给他们。"

"好的，我带去。"孙伯伯说。

"谢谢伯伯。"阿莲快活地说。

"是你妈妈让你买的吗？"孙伯伯笑着问她。

阿莲笑着摇了摇头。

"是你自己想到的？"

"嗯。"阿莲点点头。

"不错。"孙伯伯赞许地点点头说。

船很快到了莲花岛。阿莲把还热着的快餐交到孙伯伯手上。孙伯伯把它关进了一个铁皮箱子。然后他在一阵"再见"声中倒挡，船慢慢地往后退，船头慢慢地转向，然后朝着东面的港口开去。

阿莲一回到家就跑到大草棚去了。

当她打开大草棚栅栏门的那一刻，所有的眼睛都"刷"地投向她，惊喜，亲切，阿莲觉得所有的美好的感觉一下子都来了。虽然鹭鸶不在，但是阿莲知道，它是自由的天使，它在这座莲花岛上一点危险都不会有。她相信这个岛上没有人会伤害鹭鸶。小鸡们已经会到处跑了，它们有的在草料架下学着刨食，有的在牛王的草料架下啄着掉下来的草屑，还有的在墙角干燥的泥沙里洗沙子浴，那轻微的"扑棱扑棱"的声音，那被它们扑腾出来的一个个小沙窝，这一切是多么可爱。阿莲迅速套上工作服，换上雨靴，戴上手套，拿起铲子朝牛王走去。老规矩，她要给牲畜们清理垃圾了。香香猪冲过来了。

"噢，香香！"阿莲慌忙把放在一边的凉鞋拿到泥墙上去，要不然会被它使劲嗅的。香香猪只能甩着老鼠一样细细的小尾巴愣愣地望着泥墙上那双阿莲的鞋子。那座泥墙不高不低，正好与牛王的肩膀一样高，由于泥墙与草棚之间空着一段距离，整个大草棚与外面的空气是流通的，所以夏天和秋天大草棚里特别凉爽。到了初冬的时候呢，阿莲的爸爸就会把阿莲割的干草一捆一捆排列在泥墙上，这样，到了冬天，外面风呼呼地刮，里面却暖融融的，还有满屋子浓郁的花草香，牲畜们会在这个大草棚里悠闲地度过整个冬天。

阿莲要给牛王清理牛粪了。牛王真聪明，站到一边，温和地看着阿莲干活。"出去吧。"阿莲拍拍它。于是牛王就朝外面走去。它会在小树林里待着的,直到阿莲把大草棚打扫干净了,来叫它进去,它才会走回大草棚。牛王很爱清洁,很少在大草棚里大小便。

阿莲把垃圾一铲又一铲铲进筐里,然后把筐拉到大棚外面的堆肥坑里倒掉。清理干净后阿莲就要给牲畜们一一铺上新的干草了。幸亏她积攒了足够多的干草,才可以到要用时就可以随时从草料架上抱下一捆捆干草。当阿莲给香香猪抱去一捆干草时,香香猪就欢天喜地地钻进干草里忙活起来了。它把草轻轻地咬在嘴里,一会儿衔到这里,一会儿衔到那里,它一时都不知道把草放哪儿合适了。

阿莲给它们的窝里添上新的干草以后,就开始给它们喂草料了。她给它们各自的草料架一一添上干草,水槽里加满水,然后就去给小鸡们喂食。现在小鸡们已经可以直接吃碾碎的玉米粒了,鸡妈妈和白玫瑰它们直接吃整粒的玉米粒。这时候,鸭子们也在回来了。它们刚进弄堂口的时候,阿莲就听到了。阿莲也为它们准备了一些小麦和水。等鸭子们进了大草棚,大草棚的一天也进入尾声了。阿莲脱下工作服,把工作服挂在大草棚上面的钩子上,然后换下雨靴,把雨靴放在泥墙上,最后她脱下手套,关上大草棚的栅栏门走了。

晚饭已经在电饭锅上煮着了。阿莲正在寻思着炒个什么菜的时候,阿婆来了。

"阿婆!"阿莲亲热地迎上去。阿婆提了一个小篮子来。

阿婆把小篮子放在桌上,笑着问:"在煮饭了?"

"嗯。"阿莲点点头说。

"阿婆,您带了什么?塘鳢鱼?!"阿莲惊讶地说。

"是的,"阿婆笑眯眯地说,"这条塘鳢鱼还是你爸爸给的呢,他给了两条，我吃掉了一条。还剩这条今天给你炖蛋吃。"

"您还带来了蚕豆？"小阿莲快活地说。

"这蚕豆有点过时了，不过烧得好还是很好吃的。"阿婆说着准备杀鱼。

"阿婆，您还带来了鸡蛋？"阿莲惊讶地问。

"是呀，"阿婆笑着说，"我怕你们家里没有，就顺便带来了。"

"我来剥豆。"阿莲快活地说。她拿过一个碗，坐在桌边剥豆。阿婆虽然已经快80岁了，但是她的背影依然很健美。她手脚麻利地杀鱼，洗干净，然后倒黄酒淹着。"磕两个鸡蛋。"阿婆说着拿了大碗朝里面磕鸡蛋，打蛋液，然后开火。"炖蛋的水要有一点点温，这样炖出来的蛋才不会溢出来。"阿婆说着朝一碗冷水里加入了一点点开水，然后切姜丝投进去，再加上一点点香喷喷的黄酒，最后她小心地把塘鳢鱼放进蛋液。"行了。"阿婆说。"煮15分钟就行了。"

一碗豆已经剥好，阿婆开火，准备炒豆。

阿莲望一眼窗外，此时的窗外已经漆黑一片，风声很大，"轰轰"的。阿莲感觉不到窗外有没有在下雨。厨房里那油烟机"轰轰"的声音，豆子下锅时那"哧啦哧啦"的声音，爆炒时那"稀里哗啦"的锅铲声，还有炖蛋锅里发出的"嘶嘶"的声音，阿莲觉得那都是些愉快的声音，她的心情也变得愉快起来。

豆子炒好了，塘鳢鱼也出锅了，搁上勺子，晚饭即将开始。阿莲盛好两碗饭，摆上筷子。

"阿婆，来坐。"她把阿婆拉到桌边坐下。阿婆笑着坐下。

阿莲对着这一桌晚饭笑，这些都是她爱吃的。

"吃吧吃吧。"阿婆笑着说。"来，尝尝阿婆的炖蛋。"阿婆说着拿起勺子给阿莲舀了满满一大勺子炖蛋。

"别烫着，"阿婆对她说，"尝尝，怎么样？"

阿莲尝了一口，大叫："好鲜啊！"

阿婆笑起来，眼睛都眯成一条线了。

"吃吧吃吧，快吃吧。"阿婆说着，把那碗塘鳢鱼炖蛋轻轻地移到阿莲面前。阿莲看到，连忙把炖蛋移到阿婆面前。她也给阿婆舀了大大的一勺子炖蛋。阿婆挡住都来不及了，只能笑着接受。

"阿婆，为什么塘鳢鱼炖蛋会这么鲜呢？总也吃不厌。"阿莲一边吃，一边笑着问。塘鳢鱼个子都不大，但是很粗壮，眼睛特别大。

"就是呀，"阿婆笑着说，"阳澄湖的塘鳢鱼味道特别好，那是小河浜里的塘鳢鱼不好比的。"

"为什么呢，阿婆？"阿莲瞪着乌黑的眼睛问。

"你不知道，"阿婆认真地说，"塘鳢鱼不吃水草，它吃小蟹呀、小虾呀、小鱼呀等等，阳澄湖水质好，水草好，所以小蟹呀、小虾呀、小鱼呀等等都长得好。塘鳢鱼从小就吃这些，它的味道自然好。"

"哦。"阿莲点点头。

"来，把这个吃掉。"阿婆说着把一整条塘鳢鱼都舀到了她碗上，"当心骨头。"

"不要不要，这么一大条，我都不好吃饭了。"阿莲站起来要分给阿婆，阿婆按住她手就是不许。

"好吧。"阿莲无奈地坐下。她只能把这条胖胖的塘鳢鱼一点一点吃了。许多的感动，深深地埋进她的心里。

"阿婆，您小时候是在哪里的？"到楼上睡觉的时候阿莲握着阿婆的手问。阿婆的手很大，很结实。她知道阿婆小时候不是这个岛上的，而张阿爹是这个岛上的。阿婆和张阿爹有一个女儿，嫁给了杏林伯伯，就在这座岛上，也养蟹。阿莲隐约知道阿婆从小就生活在渔船上。她从没听说过阿婆回过娘家，但是她娘家倒是有亲戚来过的。他们好像以前都做过渔民，都晒得黑黝黝的。

阿婆在阿莲的床边坐下来，拿出针线，她在做包在头上的头巾，玫红底色的棉布，边缘滚着有碎花的蓝布条。"我真正的祖籍是在唯亭，"阿婆一边在头巾边缘滚边，一边说，"我们在岸上没有房子，我自小时候起就一直跟着父母在船上捕鱼。我觉得我们应该是渔民出生。我记得那时候我们哪儿都去，唯亭、巴城、昆山、斜塘，哪儿都去。"

"阿婆，那后来您怎么会到这里来的呢？"阿莲依偎在阿婆身边问。

"后来我们的小渔船就到了这边的阳澄湖来，"阿婆停下手里的针线说，"我们在这片湖上待了很多年，我也在这片湖上慢慢长大。我们捕鱼，唱渔歌——"

"唱渔歌？"阿莲欣喜地问。"您那时候唱渔歌？"

"是呀，"阿婆笑着说，"那时候日子虽然苦，但是也不觉得苦。很多时候挺一挺，苦日子就过去了。"

"哦。"阿莲似懂非懂地点点头。

"说来也奇怪，"阿婆望着阿莲说，"那时候那么苦，却都喜欢唱渔歌。知道吗，阿婆就是因为渔歌留下来，留在这个岛上的。"

阿莲瞪大了眼睛看阿婆。阿婆年轻时候一定很美，她的眼睛现在笑起来也是那么美，笑成两朵眯着的花。

阿婆忍不住往下说："唱渔歌，一个人可以唱，两个人可以对唱，一群人也可以合唱。在湖上，渔民最喜欢对歌。"

"阿婆，"阿莲望着阿婆说。"您还记得那些歌吗？"

"记得呀。"阿婆笑盈盈地说。"我来唱一段。"于是阿婆停下手里的活，把腰板挺挺直，清了清嗓子，轻轻开口唱了起来：

"啥个花开阵阵香？

啥个花开堆满棚？

啥个花开人人爱？

啥个花开朝太阳？

木樨花开阵阵香，

紫藤花开堆满棚，

白玉兰花人人爱，

向日葵花开朝太阳。

啥个花开节节高？

啥个花开一蓬毛？

啥个花开空长大？

啥个花开满园香？

芝麻花开节节高，

玉米花开一蓬毛，

喇叭花开空长大，

木樨花开满园香。

啥个花开来花里花？

啥个花开来泥里爬？

啥个花开来勿结果？

啥个结果来勿开花？

棉花开花花里花，

生果开花泥里爬，

茨菇开花勿结果，

无花果结果勿开花。"

阿婆唱完了，阿莲还沉浸在她的歌声中，她被阿婆好听的声音迷住了。渔歌用当地的方言唱，真的是别有韵味。这是吴地方言，阿莲他们在学校里也不说方言，但回到家里就说方言。爸爸妈妈，阿爹阿婆，都是用方言说话的。从外地来的人是听不懂他们说话的，都是他们爱听。他们说这是吴侬软语，像鸟叫一样好听。还真是，阿莲觉得用方言说话好听，没有那种粗嗓门的，都是细声细气的。用方言唱出来的歌更是"糯"。这是他们说的。就是那些外地人说的。

"再唱一首，你听着。"阿婆很高兴地说。

阿莲坐在被窝里，托着腮。"嗯。"她点点头。

阿婆侧着头，摆出一副摇船的姿势唱了起来：

"春季里来菜花黄，

摇船进湖去撒网，

捉子鱼鲜市里去卖，

菜花甲鱼顶吃香。

夏季里来荷花香，

起出塘藕顶吃香。

日里摇到城里去卖，

黄昏剥剥莲蓬乘风凉。

秋季里来蟹脚痒，

阳澄湖里捉蟹忙。

大闸蟹卖子好价钿，

买块料作送姐做衣裳。

冬季里来北风响，

迎亲宫船开进浜。

渔船阿哥网船姐，

船舱里想结鸳鸯。"

这首渔歌阿婆唱得更清亮，阿莲听得都入神了。

阿婆唱完，笑着说："现在唱不好了，那时候唱得好。"

阿莲笑着说："阿婆，我听着好像那歌里唱的就是您和阿爹的事情。"

"是呀，唱的就是我们年轻时候的事情呀。"阿婆说。"我们那时候唱歌都是现编现唱。所以人人都会唱渔歌。那时候有一句话叫不会唱渔歌就不是阳澄湖人。"

"您就是因为喜欢唱歌，所以就留下来了？"阿莲笑着问。"您有没有与阿爹对过歌呢？"

"对过啊，"阿婆笑着说，"我们就是因为对歌才认识的。"

"哦。"阿莲笑着点点头。

"认识后才知道，你阿爹是这座岛上的人，除了有一只小渔船，岸上还有一间小草房。把我交给这样的人家，爸爸妈妈很放心。后来他们就去了别的地方。我呢，就安心留下来跟你阿爹过日子。那时候我们平时在岛上种地，不种地的时候就到湖上捉鱼捉蟹。那时候捉到了鱼和蟹，自己不舍得吃，都拿到城里去卖。城里人喜欢吃我们阳澄湖的水产，除了鱼、蟹、螺蛳等等，还有红菱，藕等等。那时候卖得便宜，换来的钱也只能贴补一点家用。但是我们那时候不贪，够吃够用就已经很满足了。"

"嗯。"小阿莲点点头。这一点阿莲从阿婆唱的歌里就感觉到了，他们捕到了鱼开心，卖掉了鱼开心，采红菱开心，反正做什么事都觉得开心。

"后来呢？"小阿莲问，眼睛热切地望着阿婆。

"后来，我们慢慢地积攒了一点钱，把一间小草房换成了一间砖房。再后来呢，我们在砖房旁边又绑上去一间，过了几年，我们又在旁边绑了一间。再后来，我们把三间老房子拆了，造了现在我们住的两层楼的小楼。"

"阿婆，您想您的爸爸妈妈吗？"小阿莲忽闪着大眼睛问。

"想呀，怎么不想？"阿婆说，"虽然我的父母早已经去世，但是我还是那样想念他们。我的两个姐姐和一个弟弟也早已到岸上住了。如果想他们了，你阿爹就会开着船送我去看他们。"

小阿莲点点头。有一个问题又浮上了脑海，那就是她非常非常想知道，阿婆的家乡到底在哪里，但是她还是忍住了，没问。

窗外电闪雷鸣，小阿莲沉沉的睡着了。

蟹墙倒了

　　第二天醒来的时候，天已经亮了。出奇的静。没有鸟叫声，没有风声，没有渔港两岸人早起洗东西时说话的声音。

　　"阿婆！阿婆！"

　　阿莲急忙跑到隔壁客房去看。她闻到了楼下厨房里浓浓的南瓜粥的清香。她跑下楼去。阿婆已经走了。昨天带来的小篮子已经不在那儿了。她知道，阿婆有早起的习惯。不只阿婆，这个岛上的很多人都习惯早起，但是也有一个晚归的习惯。这都是与他们以前干的活有关。那时候他们早上要早起收网，卖鱼，晚上要在河里下网。他们已经习惯了这样的生活。现在阳澄湖实行禁渔以后，他们才慢慢地改变了这样的习惯。小阿莲也慢慢地感觉到了莲花岛上人们的生活习惯在慢慢发生改变。院子里翻转的水缸上不再湿漉漉的，放在边上的大石头表面也是干的。雨应该已经停了好一会儿了。

　　阿莲打开院门，她大吃一惊，外面一片大水。湖水漫过河滩，马上就会漫到走道上了。远远望去，阳澄湖上一片白茫茫的。但是湖上已经没有风了。东面太阳升起的地方红乎乎的，像是马上要有一轮红日出水来的样子。阿莲定定地盯着远处的湖面看了一会儿，她想，爸爸妈妈快回来了吧。想到这个，她的心里快活起来，转身朝大草棚走去。

鸭子翠花和阿卡它们早等待在门口了，小阿莲一打开栅栏门，它们就扑腾着翅膀又飞又跑着出来了，它们"嘎嘎"叫着，头也不回地朝弄堂跑去。阿莲很快就听到了鸭子们在水上"嘎嘎"欢叫的声音，那是它们在快活地洗澡呢。

雨后初晴，外面明亮极了，大草棚里也很亮堂。牛王一出来就去荒草地了。牛王出门的时候很有趣，看到小鸡们因为都想抢着出去，在门口堵住了。牛王就站在那里眨着大眼睛，等着小鸡们。羊爸爸一家早等不及了，简直连阿莲换上雨靴的一点点时间都等不及。阿莲把羊妈妈牵在手里，羊爸爸带着小羊们紧紧地挤在阿莲身边走着。它们走出小树林，一路朝荒草地走去。大羊小羊都在叫着，像唱歌一样，听着真叫人快活。忽然间，天空中出现一个精灵的身影，那是鹭鸶！阿莲盯着鹭鸶，只见它径直朝牛王飞去，一眨眼已经站在牛王的背上了。因为一直下雨，荒草地里的草已经老长老长了，茂密得风也穿不透的样子，草的颜色浓绿浓绿的。阿莲把羊妈妈的绳子系在一把草上，然后朝大草棚走去。她要把大草棚好好打扫一番。

现在泥墙上干干净净，一捆干草也没有了。冬天的时候，那上面可是排满了一捆一捆干草的。那些干草都是阿莲在秋天的时候割好的，是因为有了那些干草，牲畜们才有了一个温暖的冬天和美好的早春，现在那些草虽然一根都没有了，但是有什么关系呢？到了秋天，她又可以割好很多很多青草，晒干了，储存起来，那么牲畜们的冬天和早春就不用发愁了。阿莲一边干活一边这样美美地想。

兔子窝比较不好打扫，每次打扫必须走进它们的栅栏门。现在阿莲不但要提防兔爸爸和兔妈妈跳出去，还要提防小兔子们一不留神跳出去。爸爸设计的兔子窝和鸡窝不一样。鸡窝下面是竹片铺成的地板，是有镂空的，所以给鸡窝清理时只要把竹地板下面的垃圾刮出来铲掉就行。阿莲在想，本来的话，爸爸也可以给兔子设计一个和鸡窝一样的窝，但是爸爸没有，为了让兔子们可以挖洞，爸爸居然还给它们弄了一个大土堆。幸亏有这样一个大土堆，要不然兔子们哪会这么开心？阿莲在给兔子们打扫住所的时候，小兔子们欢快极了。它们有的在土堆上玩，有的在洞口玩，有的绕着小阿莲的脚跟玩，可有趣了。

阿莲给兔子们清理掉草料架上吃剩的草，打扫干净掉落在草料架下的草茎后，小心地把垃圾铲出去，倒在外面的塑料筐里，然后把扫把搁在外面。

阿莲打开栅栏门，很小心地从门里退了出来。

现在，大草棚里只有兔子们一家了。阿莲没有给它们的草料架上放上干草，她已经想好了，要给它们割上一篮子苜蓿草。这个岛上生长着一种野生的苜蓿，牲畜们都爱吃。香香猪最爱吃那个了，阿莲几次看到香香猪，它都是在津津有味地吃苜蓿草。这种苜蓿草如果长在肥沃的土里，它的茎叶会非常非常嫩，如果长在瘦弱、干旱的泥土里呢，它也能长得很茂盛，只是没有那么嫩而已。阿莲知道，有的草是不能连根一起割走的，比如这种苜蓿草，只要割它的茎叶就可以了。因为阿莲发现，她每次把苜蓿上面部分的茎叶割掉之后，这苜蓿的茎枝上能迅速再长出更多的新的茎叶。她发现那苜蓿割十多次后还会重新长，只是长得比以前差一些，颜色也会越来越淡，那是一棵草奉献得太多的缘故。

当阿莲给兔子们喂上鲜嫩的苜蓿草后，她脱下外套，换上凉鞋，准备回家吃早饭。

阿莲走出弄堂口，忽然看见爸爸的小汽艇停在岸边，她一阵惊喜，便加快脚步朝家里走去。

"爸爸！妈妈！"她喊着进去。可是当她见到爸爸妈妈的时候，她惊呆了。爸爸目光呆滞地坐在厨房里的一只小凳子上，妈妈一脸憔悴地望着爸爸。阿莲觉得又一种不祥的感觉袭上心头，她张了张嘴，想问妈妈发生了什么事，但是，她忍住了，她没有问。

"爸爸，妈妈，阿婆煮了南瓜粥，吃南瓜粥吧。"阿莲说着轻轻地在水龙头下洗干净手，然后拿了碗给爸爸妈妈盛南瓜粥。她把盛好的南瓜粥放在靠墙的小方桌上。

"阿婆说，这是她南瓜藤上结出的第一个南瓜，"阿莲笑了一笑，说，"她说想让我们尝尝她种的南瓜。"

妈妈端起一碗南瓜想给爸爸吃，爸爸摇了摇头。"那你等一会吃。"妈妈说着把爸爸的这碗南瓜粥放在一边。她坐下来，端起另一碗南瓜，想了想，叹了口气，把碗又放下了。阿莲默默地拿起篮子，朝外面走去。走到弄堂口的时候，她的泪水已经含不住了，汩汩的流。她感觉到情况不好。她从来没有见过爸爸这个样子，到底发生了什么事？是爸爸身体不舒服？还是围网出事了？她在地里拔了青菜。剪干净。然后擦干眼睛回家去。千万不能再流泪了。她告诉自己。要让爸爸妈妈高高兴兴的。突然，她听到妈妈惊慌失措的喊叫声，她急忙奔进去。她惊呆了，爸爸嘴里喷出了一口鲜血。

"爸爸！爸爸！"小阿莲哭着喊。她吓得愣在那里。

"扶住爸爸。"妈妈对小阿莲喊道。"我去拿钱，送爸爸去医院。"妈妈说着直奔楼上。一会儿妈妈跑来了。"我们去医院。"

爸爸摇摇头。

"要去。"妈妈说，她在爸爸面前蹲下来，反手抓住爸爸的两条手臂，她想把爸爸背下船。爸爸摇摇头，要站起来。妈妈就扶着爸爸往外走。阿莲冲出去，拉住缆绳，稳住船头。妈妈扶着爸爸小心地上了船。

妈妈让爸爸在舱里坐好，然后去开汽艇。

"照顾好自己。"妈妈回头对站在河岸上的阿莲说。

等望不到爸爸妈妈的船了，阿莲走回屋里。这时候有人从湖上回来了。接着又是一艘船。

"你怎么样阿林？"荣荣的爸爸在问。

"我还算好。"是丁叔叔。

"文斌最可怜，一边蟹墙全部卷倒。"

"是啊，我知道的，早上他下地笼网一张，一只也没有，全逃掉了。"

"蟹多灵通啊，别说一面蟹墙，就是有了一两个洞，也会全部逃走。"

"根水也是，一面蟹墙全部卷倒。"

"也逃走了？"

"也是一只也不剩。"

……

小阿莲什么都明白了，一时间所有的不好的感觉都来了，她颓废地坐在小凳上，她不知道自己该去做什么。这时候香香猪来了，玩起她的鞋子来。

"别闹了，到一边去，"阿莲摸摸它说，"我心里不开心。"

香香猪抬头看了看阿莲，就站到一边去了。

"阿莲，阿莲。"是王阿婆在喊她。

"阿婆。"阿莲走出去喊道。

"妈妈送爸爸去医院了是吗？别担心，爸爸到了医院就不用担心了，知道吗？"阿婆说。"这是玉米种子，最近几天你把你们菜园子里的土豆挖出来，晒一晒土，就能种上旱玉米了。"阿婆说着把一包玉米种子拿给了她。

"过几天种玉米的时候来叫阿婆，阿婆来教你怎么种，现在阿婆也要回去挖土豆呢。"阿婆看着阿莲说。

"噢。"她连忙点点头答应。

阿婆走了，小阿莲又傻傻地坐了一会儿。她想，为了不让妈妈担心家里的事，她一定要把家里的事做好。想到这里，她站起来，对香香猪说："走，我们干活去。"

那几只懒蛤蟆又在包菜地里爬来爬去了。妈妈把这几只懒蛤蟆当成宝贝。她说千万不要小看了这几只懒蛤蟆，这块菜地就靠它们在这里捉虫。还真是，本来菜地里要喷农药，自从它们来了以后，就不再喷了。一年四季也能省下不少买农药的钱呢。阿莲知道它们住在哪里，它们就住在菜地北边朝南的洞穴里。它们有好几个洞穴。阿莲看到它们夏天喜欢住在深洞里，春天和秋天喜欢住在浅洞里，至于冬天它们住在哪里，阿莲就不知道了。

土豆的茎叶之前还见长得很茂盛的，像一棵一棵小灌木似的，现在这些茎叶有点萎缩了。阿莲拔起一棵，拎起来，下面挂着好几个土豆，有大的，也有小的。再一看下面，隐约可以看见土里还埋着一窝土豆。用铁铲一挖，一翘，土散开来，土豆滚了一窝。阿莲眼睛都亮了，没想到，今年土豆会长得这么好。用手剥去粘在上面的泥土，一个光滑的椭圆形的大土豆就在手上了。转来转去看了又看，真的有种爱不释手的感觉。阿莲把土豆放进篮子继续蹲下来捡土豆。这一窝土豆大大小小足足有十个。然后阿莲继续干活。她把茎叶一棵一棵拔了，然后把这些茎叶全都抱到堆肥池那里扔了进去。这样，地面上没有了枝枝蔓蔓，干起活来空间就大了。土豆很奇怪，不管它的茎叶长得多么茂盛，却没有牲畜要吃它，连虫子也不想在它的叶片上站一站。妈妈年年总是连枝带叶把它们扔进肥料池做肥料。现在地面上一窝一窝土豆清晰可见，阿莲就一窝接着一窝地挖。挖出来的土豆表皮跟泥土的颜色差不多，但是比泥土的颜色要鲜亮。它们有大有小，什么样的形状都有。阿莲越挖越有耐心，要不是芦花带着它的小鸡们从篱笆门里进来，她真忘了肚子饿了。她这才想到自己早饭都没有吃。现在早已是过了午间吃饭的时间了。她还不想马上吃饭，她要把这些土豆运回家里院子里晒一下。以前妈妈总是这样的。

现在芦花身上的羽毛又变得丝一样滑，而且颜色鲜亮，还特别聪明，让人一看就知道是一只年轻的鸡妈妈。小鸡们总喜欢围着它转，弄得它都不能好好寻找土里的虫子了，但是它绝不生气，更不发火，始终"叽叽叽""咕咕咕"地把小鸡们引到这里引到那里。它好像是在教它们怎样捉虫子。阿莲发现芦花鸡特别喜欢在土里刨虫子吃。什么土蚕呀，什么蜈蚣呀，什么香香虫啊，都吃。但是小鸡们不知道在吃些什么，它们尖着眼睛在新翻的泥土上跌跌撞撞地跑动，这里啄啄，那里啄啄，欢快得要命。

这一天的成果就是院子里堆放着的满满当当一角落的土豆。当阿莲结束着一天的劳动的时候已经是落霞满天了。阿莲感觉到有点累了，但是她觉得很高兴。她知道她要让妈妈放心。她得去荒地里把羊爸爸它们带回来。但是不忙，离天黑还有一段时间呢。现在已经过了夏至，阿莲觉得夏至真的是个很奇妙的节气，有时候眼看着天就要黑下来了，但是她还有事情没干完，她就一边抓紧时间干活，一边在心里暗暗祈祷，祈求天慢一点暗下来。很奇怪，她的祈祷总是成功的，好几次天总是在她干完手上的活后才黑的。现在阿莲就一边在心里祈祷，一边飞快地给牲畜们的窝里铺上新的干草，然后给它们的草料架上放上一点草料，给它们绑在栅栏上的水槽里加满清水，然后她才往田野上跑。

牛王很聪明，已经在甩着尾巴慢腾腾地走回来了。阿莲带了羊爸爸一家在渐渐弥漫开来的暮色中走回去。这一路上都是小羊们嫩嫩的叫声。有时候阿莲会有趣地想，这是它们在唱歌吗？

绿豆藕片粥

鹭鹭不但与牛王成了形影不离的朋友，还和阿莲成了好朋友。阿莲现在已经在开始为牲畜们储备冬天的粮草了。她每天都会到湖边滩涂上割草，然后晒在那里，等草晒干了再收回去。现在荒草地的草非常高，鹭鹭走在其间，会什么都看不到。所以它很聪明，在草高的地方会飞上牛王的背，牛王在荒草里缓缓地一边吃草，一边走动，每当草里有惊飞的昆虫，它会飞下去抢住。在草低的地方呢，鹭鹭就跟在牛王脚边，什么昆虫都逃不过它的眼睛。鹭鹭也会来看阿莲割草，其实阿莲不希望它来到她身边，因为她发现鹭鹭在捕捉昆虫时有一个抢食的习惯，它会不顾一切地扑上来，如果被它的镰刀割到那可怎么办？所以她会悄悄地绕过鹭鹭和牛王那儿，不让鹭鹭看见。鹭鹭是一只非常有灵气的鸟，它什么都看得懂。

阿莲的爸爸出院是两个月以后的事情了。爸爸妈妈不在家的那段时间里，她已经从阿婆那里学会了在家门口摆摊，向游客们卖蔬果、鸭蛋，或者鸡蛋。在莲花桥桥塄那里一直有几个阿婆在那儿向游客卖野菜或者蔬果的，有时候王阿婆也会在那儿卖。那一天，当她拎着一篮子鸡蛋满脸通红地走到阿婆身边时，阿婆吃了一惊，她连忙接过阿莲的篮子，小心地把篮子放在她的摊位旁边，说："阿莲，就在这儿卖吧。"
虽然几个游客还在稍远的河岸边向这边走来，阿莲却已经觉得自己窘得
不知道该怎么办了。阿婆们都有一个小凳子坐着，阿莲觉得自己站也不
是，蹲也不是，虽然只是一刹那的感觉，但是阿莲仿佛有一个世纪那么
长，最后，她蹲下来，缩在阿婆身边。那一刻她感觉到阿婆就是她的靠
山，是她的安慰，是她将来要报答的恩人。慢慢地，她稍稍平静下来，
才敢抬头看看周围。荣荣的奶奶在卖菠菜，她篮子里的菠菜多整齐，多
干净呀！她除了菠菜，还有一篮子牛繁缕，那是一种非常嫩非常嫩的
草，没想到荣荣的奶奶还摘来卖。阿莲经常割了这种草给兔子们吃，兔
子们还真特别喜欢吃这个，吃多少次也不厌。因为那牛繁缕有点弯弯绕
绕的，所以这会儿荣荣的奶奶不时在摆弄它们，想把它们弄得整齐一
些。阿莲知道，买菜的人最讲究手面，就是篮子里蔬菜摆放的是不是整
齐。手面好的，肯定好卖一点。

"这鸡蛋怎么卖呀？"有人站在阿莲面前问。阿莲最起码傻了五秒
钟，当她忽然意识到游客是在问自己时，她才猛地想起，自己是在这里
卖鸡蛋。

"就一块钱一个吧，"阿婆对阿莲说，"都是这个价。"

"阿婆，这是您孙女吧。"那个游客阿姨一边蹲下来挑鸡蛋，一边
和阿婆说话，"挺俊俏的。阿婆，您这鸡蛋看着特别新鲜。"

阿婆笑着，说："是呀，都是新鲜的。怎么不多玩一会呀，时间还
有点早呀。"

"不了，阿婆，这个时候回去正好做晚饭，所以顺便买点鸡蛋。"
阿姨说着，停手了。她一气卖了20个。

当她要付钱时，发现卖主是小阿莲时，她惊讶极了。

"可不可以拍张照？可不可以？"她连连问。

阿莲点点头，还没说话，阿姨已经"咔嚓"一下给她拍了。"下次来，带给你。"那位游客阿姨满心欢喜地走了。

自从那次以后，阿莲就成了这里的一员，人们不时会看到她的身影。不仅如此，后来阿莲卖鸭蛋还卖出了名气呢。不时有游客找上门来问有没有新鲜的鸭蛋。每当这时，阿莲心里就特别特别快乐。她把卖到的钱都积攒起来，爸爸出院后她要给爸爸买营养品。

一天早上，阿莲在打扫大草棚的时候，阿婆来看她了，阿婆说给她带了一碗粥来，用碗盖着，叫她就去吃。阿莲答应着，说："一会儿就去吃。"

当阿莲打扫完大草棚，回到家里翻开碗盖，看到这碗粥时，她惊讶极了，这是一碗多么好看的粥啊，绿莹莹的，还有一股清香。那粥里有煮得开了花的绿豆，有薄薄的藕片，还有粘稠的米汤。阿莲从没有吃过这样的粥，她忍不住呷了一口，多么清凉可口的味道呀。一个念头马上在她脑海里出现了，她想，爸爸出院后，她也要给爸爸煮这样好吃的粥。因为她也收了不少新绿豆呢。

自从吃过阿婆的绿豆藕片粥以后，阿莲会不时到绿豆地里看看，看看有没有成熟的绿豆可以采集了。在荒地那儿，就是蟹塘外围的一小片空地上，妈妈在那儿种了绿豆。绿豆不像黄豆，黄豆是那种一大片同时成熟的作物，而绿豆却不是，它是一批一批长，一批一批成熟的。所以要不时去看，如果看到豆荚黑了，那就是成熟了，就得及时采下来，要不然太熟了它们会自己爆裂开来，小小的豆子掉在地上就再也找不到它们的身影了。

现在阿莲已经知道阿婆煮的那种绿豆藕片粥是一种药膳粥。经常吃这种药膳粥能调理身体的。绿豆、藕片有清火、增津液的作用。阿婆已经告诉了她这种药膳粥的做法，那就是先要煮绿豆，等绿豆煮得开花时将粳米放进去，再煮，煮到半熟的时候将切成薄片的藕放进去，然后用文火再煮，煮到粘稠了就行了。阿莲总是想，爸爸怎么还不回来呢？

盼啊，盼啊，小阿莲终于盼来了那一天。那一天，爸爸出院了。那天晚上，阿莲神神秘秘地把妈妈拉到房间里。

"怎么了，阿莲？"妈妈微笑着问。

阿莲先用身体挡住书桌的抽屉，然后反身望着妈妈笑。

"怎么了，阿莲？"妈妈依然微笑着问。

阿莲转身拉开抽屉，小心地从里面拿出一个盒子，轻轻地打开盒子，从里面拿出一大叠红红绿绿的钱，当她转身把钱捧到妈妈面前时，妈妈惊呆了，疑惑地望着她。

阿莲絮絮叨叨地告诉妈妈说："妈妈，这是我卖地里的蔬菜、甜瓜、鸭蛋和鸡蛋的钱。您给爸爸买补品吃吧。"

妈妈听了，满脸都笑了起来。"这个钱，你自己去拿给爸爸。"妈妈笑着对她说。

"可是——"

"文斌，文斌……"妈妈到爸爸那儿去了，她在跟爸爸说着什么。

阿莲镇静了一下，捧着钱走到爸爸妈妈的房间里去。

"阿莲，"爸爸从床上坐起来，盯着她问，"你在卖菜？"

"嗯。"阿莲也盯着爸爸，她点点头说，"爸爸，我想用这些钱给您买营养品。"

爸爸突然红了眼睛，抹起眼泪来，后来他哭了。

"爸爸，您怎么了？"阿莲趴在爸爸床沿上问。

半晌，爸爸才平静下来。

"阿莲，是这样的，"爸爸抹干眼睛，摸摸她的头说，"爸爸去年在养蟹的时候向亲戚朋友借了一笔钱，说好今年这个时候还上，那时候哪里想到会出现这种事情。现在钱还不上，本来呢，爸爸打算把大草棚里的牲畜卖掉，把牛王也卖了，这样也能凑些钱还上一部分——"

"把大草棚里的牲畜卖掉？牛王也卖掉？"阿莲吃惊地望着爸爸。

爸爸摸摸她的头，看着她说："现在爸爸不卖了。"

"可是——"阿莲艰难地咽了一下，问，"还不上钱怎么办？"

"这个不用你和妈妈担心，"爸爸坐直了身子，静静地看着阿莲说，"爸爸去贷些款，把借的钱还上。这是诚信，不能失信的。"

"阿莲，你不用担心，"妈妈蹲下来，抱着她的肩膀说，"等爸爸身体好一点，我们就把'农家乐'开出来。"

"可是，我们没有蟹。"阿莲为难地说。

"不急，"妈妈说，"我们已经跟孙伯伯讲好了，等我们把围网一修好，就从孙伯伯那里买蟹，我们可以用他们的蟹。"

"真的吗，妈妈？"阿莲惊喜地问。

"是真的。"妈妈点点头说。

"也有人跟你爸爸说，去买塘蟹，往蟹网里一放，养上几天，不也是阳澄湖蟹？"妈妈说。

"可以这样吗，妈妈？"阿莲疑惑地问。

"也可以说可以，也可以说不可以。"妈妈说。

"为什么呢，妈妈？"阿莲盯着妈妈的眼睛问。

"如果我们买来便宜的塘蟹冒充阳澄湖蟹，我们就可以赚翻几倍的钱，但是，那是砸自己牌子的事情，所以我和你爸爸都不会这样做。"

妈妈说。"一个小饭店，做了失信的事情，以后再想拾起信誉，就难了。所以我们不做这样的事。我们要买就买正宗的蟹。"

"哦。"阿莲点点头说。

"这下放心了吧？"妈妈笑着说，"去睡觉吧，明天就开学了。"

"嗯，"阿莲站起来，笑着说，"妈妈，明天早上我来做早饭，我现在会做药膳粥了。"

"药膳粥？"妈妈笑着问。

"对呀。"阿莲又趴到爸爸床沿上说。"爸爸，您一定会喜欢吃的。"

"是吗？"爸爸笑着说。"宝贝女儿煮的，什么样的粥都好吃。"

"我去睡觉啦，"阿莲站起来，调皮地笑笑，摆摆手说，"晚安啦！"

身后传来爸爸妈妈一串快乐的笑声。

阿莲蟹庄

　　阿莲的爸爸终于慢慢康复了，他天天想到湖上干活，但是妈妈还不让他上船。她总是说："看你脸色还不行，再休息几天。"然后她就自己开着船到湖上干活去了。"时间不等人呀！"爸爸真是急得走投无路了。后来，爸爸脸上黑乎乎的红晕终于又回到了他黑乎乎的脸上时，妈妈才让爸爸上船。那时候来岛上旅游的人越来越多了，虽然离吃蟹的时间还有一小段时间，但是有的"农家乐"已经开始吃蟹餐了。

　　那时候，小阿莲家的"农家乐"已经通过验收，随时可以开业。爸爸在招牌上用了阿莲的名字，叫"阿莲蟹庄"。阿莲非常喜欢这个招牌名称。她每天都盼着自己家的"阿莲蟹庄"能够开出来。可是妈妈说，她要和爸爸一起做完围网那儿的活再开出来。

　　"妈妈，我们的蟹庄到底什么时候开呢？"吃晚饭的时候，小阿莲又瞪着明亮的眼睛问。

　　妈妈说："还要再等一等。"

　　"为什么呢，妈妈？"小阿莲真的有点想不明白了。

　　"是这样的，阿莲，"妈妈说，"你爸爸病才好，不能太劳累，而且湖上有的活必须两个人做，一个人做不来。比如打桩。那都是些重活，所以妈妈要和爸爸一起做完那些活才放心。"

"哦。"阿莲点点头。她知道阳澄湖湖底很多地方都是黄泥滩，那是一种坚硬得简直能和石头相比的泥，赤脚踩在湖边浅水滩，人会一个劲地往湖里滑，因为这样坚硬的泥，脚指甲根本抠不进去。在刚刚养蟹那阵，爸爸和孙伯伯他们也总是在那里高谈阔论，说阳澄湖湖底土质如何坚硬，含钙量如何高，水如何清，水草如何好，他们认定蟹最喜欢生长在这样的地方。阿莲忽然想到，藕是不是也喜欢生长在这样的地方呢，因为在状元府门前就有一大片藕塘，他们把那里说出千亩荷塘。游人们最喜欢到那边去，那一大片翠绿谁不喜欢呢？可是谁能想到，这样的土质也会给人带来麻烦。蟹农们要在那样的土里打下那么多粗壮的桩，真的是无法想象的。

这天是阿莲的妈妈来接阿莲他们放学。船开回去的时候，琴姐姐忽然叫道："有人在唱渔歌！"

大家慌忙朝湖上看，远处湖边真的有一只船，是摇橹船，歌声就是从那只船上传来的。那是有人载着游客在湖上兜风。他们在莲花池那边，因为离得太远，所以听不清他们唱什么，只是风断断续续地送来几句歌声。

"阿姨，您会唱渔歌吗？"琴姐姐偏着头问阿莲的妈妈。

"稍微会唱一点点。"阿莲的妈妈笑着说。

"我妈妈也是，"琴姐姐大声说，"我发现年纪大的阿婆们都喜欢唱。阿姨，为什么老阿婆们都会唱，而我们却不会唱呢？"

"是这样的，"阿莲的妈妈说，"阳澄湖渔歌呢是用吴语方言唱的，也就是我们这里的方言。现在大家大多不会去用方言唱歌，所以那些渔歌很难传下去。"

"是呀，"琴姐姐说，"谁要是在学校里用方言唱歌，肯定被笑话。"

"但是在老一辈人那里就不会。"妈妈说，"那时候老百姓在田里干活，在湖上捕捞，就会随口唱歌，所以那时候很多。因为没有文字记载，所以数百年来积累的几千首渔歌都只是传唱，都没有用文字记录下来。现在传下来的这些渔歌都是通过口口相传，一代一代传下来的。到了我们这一代，唱渔歌的机会少了，慢慢地就有点不会唱了，但是我记得我的妈妈那时候会唱很多。”

“真奇怪，以前的人为什么要用方言唱，很多客人听不懂。不过他们却喜欢听，天天要让我唱。”琴姐姐说着笑了起来。

“这些渔歌都是老百姓在劳动时随口唱出来的，自然用吴语方言唱呀。”阿莲的妈妈说。“那时候老百姓生活很艰辛，唱渔歌是他们一天生活中不可缺少的事情，是他们的生活方式。那时候有一种说法，‘日出而作时要唱开场渔歌，日落而息时要唱关箱渔歌’，所以说，那时候阳澄湖渔歌与老百姓的生活是分不开的。但是现在哪有人‘日出而作时要唱开场渔歌，日落而息时要唱关箱渔歌’呀。”

“那渔歌将来不是有可能会消失吗？”一直在用心听着的阳阳忽然说。

“是呀，”阿莲说，“我也觉得有这个可能，而且那些渔歌没有文字记载，所以很容易失传。”

“阿姨，您给我们唱一首吧。”琴姐姐笑着哀求阿莲的妈妈。

“就唱《唱只蟹》吧。”阿莲的妈妈说着，一手拢一拢头发就唱起来：“白肚身披青铜甲，

黄毛金爪八只脚，

湖里横行吃得壮，

拨人捉牢水里闸。

日里唔笃寻勿着，

夜里出来做世界。

若问我叫啥名字，

阳澄湖里大闸蟹！"

阿莲的妈妈唱完，孩子们早已经捧着肚子笑得前仰后合。阿莲也笑。她知道大家为什么笑，那不是因为妈妈唱得特别好，而是因为他们觉得用方言唱歌很有趣，就像说话一样自由。

忽然荣荣唱了起来，他唱道：

"白肚身披青铜甲，

黄毛金爪八只脚，

湖里横行吃得壮，

拨人捉牢水里闸。"

等他唱出这四句，大家又一阵大笑。笑完，大家都瞪眼看着他，没想到，他什么都不太懂，渔歌倒是一学就会。

"你学过这首歌吗？"琴姐姐忍不住盯住他的眼睛问。

"没，没有啊。"荣荣摸摸后脑勺一脸茫然地望着琴姐姐。

"那你怎么一学就会呀？"

"我不知道啊！"

他们还说着话，船已经到家了。阿莲的妈妈让孩子们上岸后马上朝湖上开去了。阿莲知道爸爸还在湖上干活，妈妈还想在天黑以前和爸爸干一会活。

上岸就是琴姐姐的家。

"哎，荣荣，"进门前，琴姐姐一拍荣荣的肩膀说，"下次你教我。"

牛王摄影点

那时候，阿莲家的"阿莲蟹庄"已经开出来了，来他们家吃蟹的客人非常多，阿莲的妈妈时常要忙到傍晚以前才结束。因为生意多，阿莲的妈妈请了一个厨师，请了一个服务员。即使这样，有时候还是忙不过来。香香猪真的不负众望，非常懂礼节。客人们进门时，它彬彬有礼地站在一旁，看着客人们一个一个进来；客人们出门时，它又有礼貌地站在一旁送客。没有一个客人会忘了跟香香猪合影的。有的客人要去看看他们家的大草棚，香香猪就领着他们走过长长的弄堂，来到每天都被阿莲打扫得干干净净的大草棚。于是客人们又是一阵拍。现在，兔爸爸和兔妈妈已经成了大草棚的明星，因为白天除了在鸡窝里生蛋的芦花和白玫瑰们，其他牲畜都在田野上呢。

这天是周末，阿莲准备用一上午的时间把地里的红薯全部挖出来。初夏，她的妈妈就在蟹塘周边的空地上种下了一片红薯，现在红薯叶有点落黄了，妈妈说那是因为红薯成熟了。离红薯地不远的地方是住着一窝黄鼠狼的，白天，它们喜欢到红薯地里找食。也不知道它们是什么时候住在那里的，每次阿莲走上田野，或是从田野上回家，总能看到它们小小的头探出在叶面上，颈很长，身体也很长。它们的头从红薯叶上面伸出来，到处张望，然后突然看到了她。她没有把这个发现告诉爸爸妈妈，她怕大人们知道了会做出不理智的事情。其实黄鼠狼在食肉动物中只能算最小的种类。它们是夜行性动物，主要吃鼠类，能追循鼠迹进入鼠洞，捕杀整窝老鼠。说真的，刚看见它们那会儿，阿莲也紧张的。她查资料，资料上说，它偶尔盗食家畜。自从看见黄鼠狼以后，阿莲对鸡窝、鸭窝都进行了加固。给兔子们也加了盖。

红薯藤要割下来放到肥料池里堆肥。不知为什么，牲畜们不太爱吃这种藤。割红薯藤非常累人，因为红薯藤密密地缠绕在一起，非常厚。一大早，阿莲就割得满头大汗。她把藤捆起来，让牛王驮到肥料池那里去。牛王非常喜欢干活，一趟一趟地把红薯藤都拉走了，然后站在一旁。现在鹭鹭已经有了一个小伙伴了，也是一只牛背鹭。它们时常一左一右站在牛王背上，就像两朵有黄蕊的荷花。但是今天它们不会站在牛王背上了，因为割去红薯藤的地里昆虫非常多，它们都忙着捉虫呢。

阿莲一阵忙碌，终于清理干净地面了，空气里弥漫着红薯藤的清香，远处的湖上快要日出了。接下来阿莲要刨红薯了。

一会儿就会有客人来和牛王拍照的。是的，现在，牛王能赚钱了。阿莲在荒草地里竖了块牌子，牌子上写着一行字："各位游客您好！为了接济家里和回报让出土地的村民们，小阿莲决定在这里办一个摄影点。我会每天把牛王清理得干干净净的，让游客们快快乐乐地与牛王合影。然后向每位与牛王合影的游客收取一点费用。每次一块钱。虽然牛王脾气特别好，但是为了安全，请大家不要骑乘。因为我要上学，所以，我不在的时候请大家把钱塞进下面的塑料盒里。谢谢大家！小阿莲。"

今年的山芋全是黄心的，这种黄心的山芋很甜，不像那种红心的，红心的山芋不怎么甜。但是红心山芋特别会长，每棵藤上可以长出一大串，而黄心的山芋长得就少，一棵藤有一只的，也有两只的，而三只的就很少了。

鹭鹭的朋友阿莲给它取了个名字叫静静，因为它特别文静，来去真的是无声无息。它们的眼睛特别灵，什么蜘蛛呀，蛐蛐呀，只要被它们看见，准能抢住。

几个游客朝这边走来了。好像是一大家子。小孩子们远远地跑在前面。

"快点！那儿在干什么？"

"等等我！"

"快点！那儿一定很好玩！"

孩子们笑着跑着，而大人们不急，他们一边走着一边指指点点，那自由自在的样子就像是在游山玩水。

鹭鹭和静静好像不怕他们，伸长脖颈对着客人们这个看看，那个看看，那傻乎乎的样子引得客人越发地喜爱它们。

"我也想刨刨山芋！"

一个胖胖的男孩子喊道。他的爸爸马上同意。

阿莲笑了，把小锄头交给那个男孩子。

男孩子力气很大，狠狠地一锄头下去，满满的一锄头泥，他怎么也翻不过来。

"我来我来！"他的爸爸接过男孩子手中的锄头柄说，"看着爸爸怎么刨的。"于是他的爸爸就刨给他看。

"要一点一点把土刨开。"他的爸爸一边刨一边说，"看见没？"

"看见了。"男孩子点点头说。

"你再试试。"他的爸爸鼓励他说。

于是男孩子接过锄头又刨了起来。这一回男孩子刨得太慢了，还把好几个山芋刨坏了。阿莲心里暗暗着急起来。幸亏男孩子又被牛王吸引过去了，要不然不知要被他刨坏多少山芋呢。

后来，香香猪跑来了。看到阿莲刨出这么多山芋，它惊讶极了。它知道它来晚了，因为这时阿莲刨山芋的活已经快接近尾声了。阿莲已经把山芋装进袋子，准备运走。阿莲给它一个山芋，香香猪就抱住山芋美美地享用起来了。

一共装了四袋山芋，阿莲用宽宽的带子将山芋两袋两袋系在一起，叫牛王过来，牛王当然能看懂，卧下来，阿莲就把袋子移到牛王身旁，牛王站起来，袋子就都全在它的背上了。

鹭鹭和静静伸长脖子看着他们走远了，然后在地里仔细寻找起来。

回到家里，已经有客人来预订中饭了。当他们看到牛王，以及它身上驮着的山芋时，都大惊小怪地跑来看。

"嘿，牛王！快来看！牛王！"

"还驮着东西！"

"是山芋！"

"我们来帮你卸下来！"

他们说着想帮着阿莲把牛王身上的东西搬下来，阿莲连忙说不用。这时候只见牛王跪下来，低低地卧在那里，等着阿莲卸货。而阿莲要做的只是把带子一头解开。

"太神奇了！"

"真不愧是牛王！"

"怎么会有这么聪明的牛啊！"

客人们一边说，一边帮忙把装满山芋的袋子搬进院子。阿莲把袋子横在地上，然后蹲在那里把山芋一只一只拿出来堆放在地上。

"为什么不倒呢？一倒多省力呀。"有个客人姐姐走过来说。

"不能倒的，碰坏了皮山芋容易坏。"阿莲一脸认真地说。

客人姐姐问："那为什么要晒呢？"

阿莲告诉她："只是晾晒一会儿，去掉潮气。"

"哦，"客人姐姐点点头说，"小阿莲，这些都是你妈妈教你的吗？"

阿莲笑着说："这哪用得着教呀，平时自己看的呗。"